EIN TOTER ZUR BESCHERUNG

ESCAPE ROOM
ADVENTSKALENDER

arsEdition

STOPP!!!

Bevor du in dieses Abenteuer startest, solltest du wissen, auf was du dich einlässt ... Auf jeder Doppelseite erwartet dich ein neues Kapitel der spannenden Geschichte und ein neues Geheimnis. Aber dieser Thriller ist kein normales Buch, bei dem du eine Seite nach der anderen umblätterst. Nur wenn du es schaffst, das aktuelle Rätsel zu lösen, erfährst du, an welcher Stelle im Buch du weiterlesen darfst.

Dazu werden dir mehrere Antwortmöglichkeiten angeboten. Zu jeder Option siehst du einen kleinen Bildausschnitt oder ein kleines Detail. Doch nur bei der richtigen Antwort steht ein Bild, das du genau so auch tatsächlich auf den Zwischenseiten des Buches entdecken kannst.
So kannst du nicht aus Versehen eine falsche Seite öffnen.

Also keine Sorge, falls du mal nicht gleich auf die Lösung kommst! Mit scharfem Entdeckerblick bleibst du auf dem richtigen Weg.

Hinweise bekommst du außerdem auf der Website www.arsedition.de/escape-room

Finde die richtige Antwort – entdecke den Bildausschnitt – öffne die Folgeseite.

NOCH EIN BEISPIEL

→ DAS HIER IST ...

1. **Ein Reiseführer**
2. **Ein Telefonbuch**
3. **Ein Escape-Adventskalender**

1

2

3

Los geht's! Öffne gleich diese Seite! ➜

Der Wind schnitt ihm eisig ins Gesicht und Max zog seine dunkelblaue Wollmütze noch ein bisschen tiefer über die Ohren. Es hätte ihn nicht gewundert, wenn sich an den einzelnen blonden Strähnen, die unter dem Rand der Mütze herausragten, kleine Eiszapfen gebildet hätten. Okay, es war der 23. Dezember, aber nach dem ersten Schnee vor einer Woche hätte es jetzt seiner Meinung nach gerne wieder etwas wärmer werden können. Die kläglichen Schneereste waren mittlerweile grau in grau mit dem Rest der Welt. Und Max sehnte sich danach, endlich noch einmal ein Stück Blau am Himmel zu sehen anstatt immer nur die tief hängenden dunklen Wolken.

Er vergrub die Hände in den Taschen und sah sich entnervt um. Eine alte, verlassene Tankstelle in der Mitte von Nirgendwo. Außer ihm war keine Menschenseele zu sehen. Selbst die Autos, die ab und zu auf der Landstraße vorbeirasten, schienen das Relikt aus alten Tagen möglichst schnell passieren zu wollen.

Was tat er hier eigentlich? Nur weil sein berühmt-berüchtigter Onkel Arthur von Kempendorff ihm eine Einladung geschickt hatte, musste er dem Ruf der Familie folgen und sofort wie ein Schoßhündchen angerannt kommen. Max hatte eine lange Diskussion mit seinen Eltern geführt, aber sein Vater hatte sehr deutliche Worte gefunden. Für ihn war Max' Job als Sozialarbeiter im Jugendheim St. Arnual nur ein Vertändeln der Zeit. Seiner Ansicht nach sollte Max nach Höherem streben. Und da war ein Weihnachtsfest mit dem Rest der erfolgreichen Familie Kempendorff doch immerhin ein Anfang. Am Ende hatte er eingewilligt, der Einladung seines Onkels Arthur zu folgen. Vor allem weil er wusste, dass es seiner Mutter sehr wichtig war, dass er ihren steinreichen Bruder persönlich traf. Außerdem war ein weiterer Vortrag seiner Mutter über den Glanz und die Außerordentlichkeit der Familie Kempendorff so ziemlich das Letzte, was er am Weihnachtsabend gebrauchen konnte. Dann lieber zu einem unbekannten Treffpunkt fahren und mit Menschen, die ihm nicht nahestanden, das Fest verbringen.

Arthur von Kempendorff hatte in den letzten 45 Jahren das Schokoladen-Imperium, das seine Eltern gegründet hatten, weiter ausgebaut. Auf der ganzen Welt konnte man die süßen Tafeln mittlerweile kaufen, und in diesen Tagen gab es keinen Supermarkt, in dem sich nicht die Nikoläuse von Kempendorff in den Regalen stapelten. Der erfolgreiche Geschäftsmann hatte sich allerdings vor vielen Jahren komplett aus dem öffentlichen Leben zurückgezogen. Und das, obwohl er früher häufig in der Klatschpresse aufgetaucht war. Ein Auftritt auf dem roten Teppich hier, ein Flirt mit einer berühmten Sängerin dort. Das Geld schien die Damen mindestens genauso anzuziehen wie das selbstbewusste Auftreten des Multimillionärs. Doch jetzt wusste niemand, wo Arthur überhaupt lebte. Max' Mutter Monika hatte häufiger versucht, mit ihrem Bruder Kontakt aufzunehmen, doch vergebens.

Umso größer war die Überraschung gewesen, als Arthur Max in einem Brief dazu einlud, dieses Weihnachten gemeinsam zu verbringen. Und das war auch der Grund, warum Max jetzt mit nicht mehr als einem großen Rucksack auf dem Rücken einsam in der grauen Landschaft stand und sich unsicher umsah. Da schälte sich eine Figur aus dem winterlichen Grau und lief auf ihn zu. Der Typ war groß, hatte schwarze Haare, die irgendwie igelartig von seinem Kopf weggegelt waren, und wirkte wie eine fleischgewordene Manga-Ikone in auffälligen Cowboystiefeln aus Krokodilleder.

Max kannte den jungen Mann, der ihn jetzt mit selbstbewusstem Lächeln fixierte. Auch wenn er das Gesicht bisher nur auf seinem Handy gesehen hatte. „Du bist Rio, oder?", fragte er und hielt dem Neuankömmling die Hand hin. „Stimmt genau!", grinste dieser frech zurück und ließ einen kleinen lila Rollkoffer sowie eine riesige Segeltasche auf den Boden fallen. Rio war der uneheliche Sohn von Arthur von Kempendorff. Die Folge eines One-Night-Stands mit einer japanischen Stewardess aus Frankfurt-Praunheim während einer Geschäftsreise. Als Influencer Raving Rio hielt er jede Menge Follower über sein Leben und die besten Partys auf dem Laufenden, und so hatte Max zumindest diesen Teil der Familie ab und zu verfolgt.

Rios Bilder waren zwar voll von Glitzer, schönen Menschen und Filtern, trotzdem konnte Max diesem Lebensstil noch mehr abgewinnen als der herablassenden Art, mit der seine Mutter und ihre Brüder dem Rest der Welt gegenübertraten. Ein von Kempendorff zu sein bedeutete für sie, Erfolg und Geld von Natur aus verdient zu haben. Ersteres hatte sich seine Mutter als Schauspielerin in einigen kleineren internationalen Filmproduktionen erarbeitet, zweiteres mit ihrem Mann Gerhard, dem erfolgreichen Investmentbanker, angeheiratet.

„Bist du sicher, dass wir hier richtig sind?", erkundigte Rio sich skeptisch und sah sich mit hochgezogener Augenbraue um. „Keine Ahnung ...", murmelte Max und fischte noch einmal den Brief, den er vor wenigen Tagen bekommen hatte, aus der Innentasche seines Parkas.

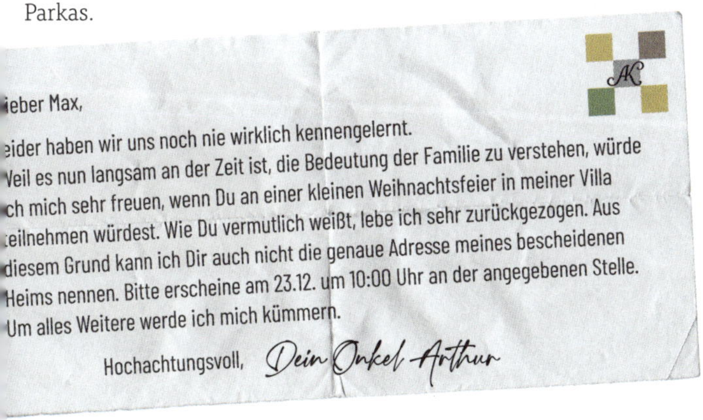

AK

ieber Max,

eider haben wir uns noch nie wirklich kennengelernt.
Veil es nun langsam an der Zeit ist, die Bedeutung der Familie zu verstehen, würde
ch mich sehr freuen, wenn Du an einer kleinen Weihnachtsfeier in meiner Villa
teilnehmen würdest. Wie Du vermutlich weißt, lebe ich sehr zurückgezogen. Aus
diesem Grund kann ich Dir auch nicht die genaue Adresse meines bescheidenen
Heims nennen. Bitte erscheine am 23.12. um 10:00 Uhr an der angegebenen Stelle.
Um alles Weitere werde ich mich kümmern.

Hochachtungsvoll, Dein Onkel Arthur

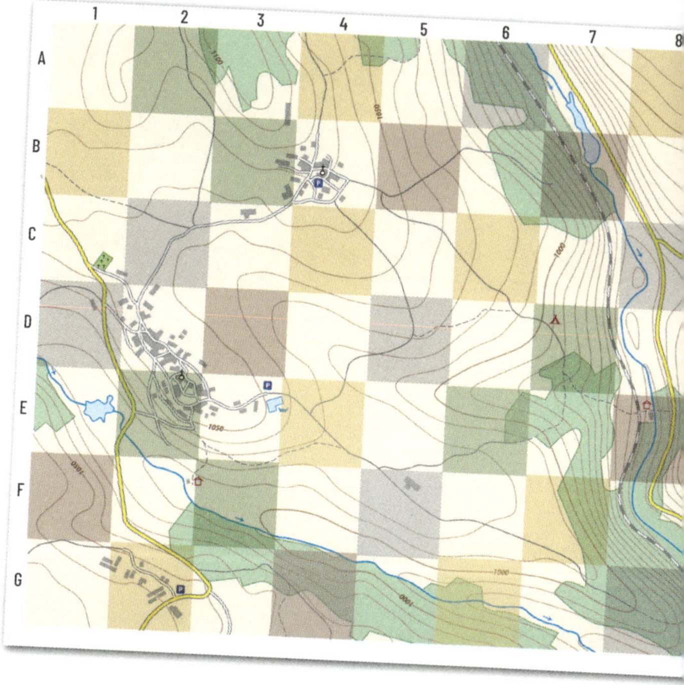

WO GENAU IST DER TREFFPUNKT, AN DEM MAX SICH EINFINDEN SOLL?

1 D4 2 A3 3 F5

1

2

3

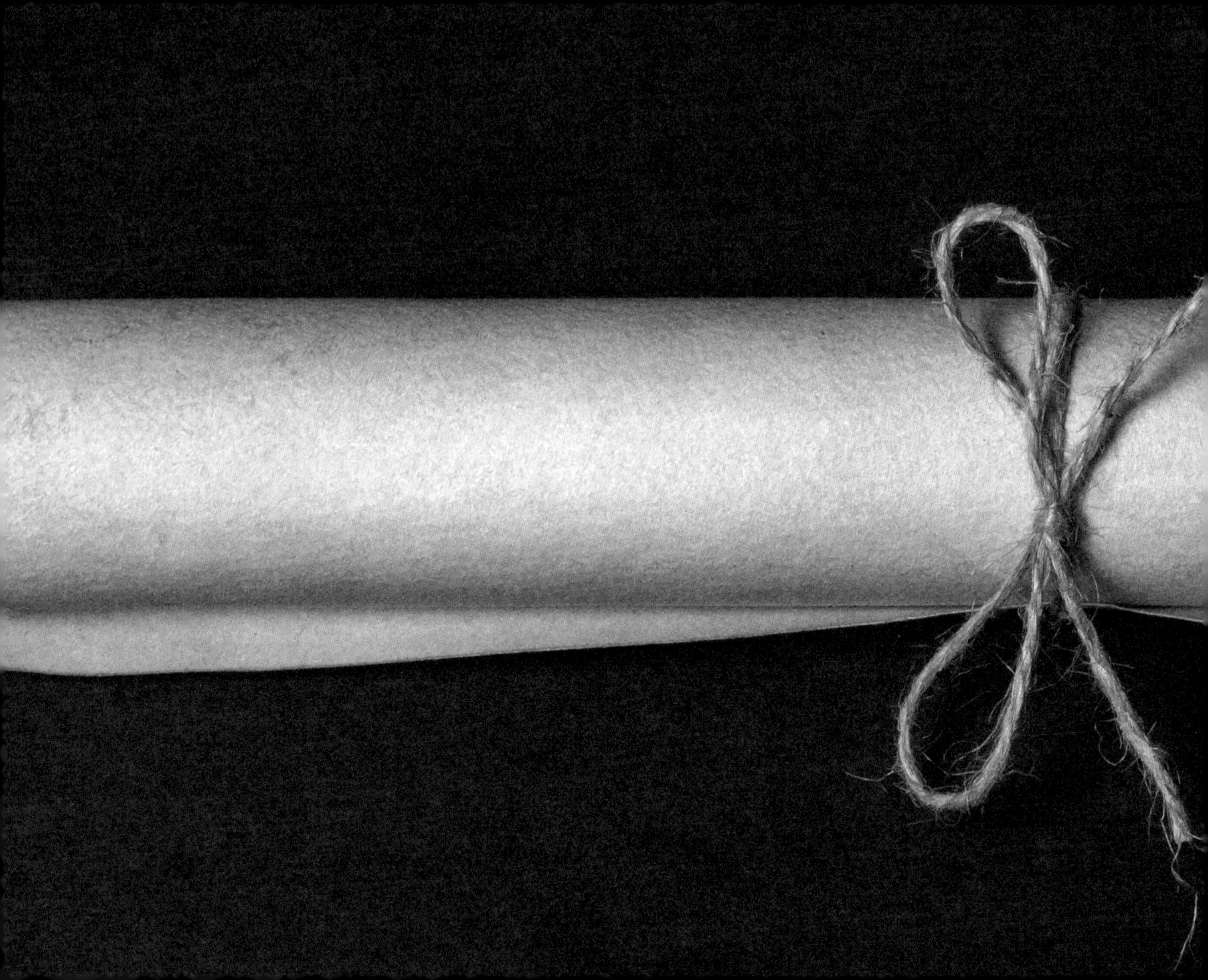

„Und wie soll uns das jetzt weiterhelfen?“, fragte Charlene irritiert, aber Rio grinste nur. „Ihr könnt wohl alle keine Noten lesen, was? Also die erste Note ist ein as, dann kommt ein c, dann ein h und am Ende ein e. Ergibt zusammen was?“ Er sah erwartungsvoll in die Runde, wie der Moderator einer Quizshow. „ASCHE“, stellte Isabell fest. „Aber wo finden wir hier Asche?“

Erneut sah Max sich nach Felix um, um ihn zu befragen, doch der Butler war immer noch wie vom Erdboden verschluckt.

„Ich habe da so eine Idee ...“, murmelte Mara. „Aber die wird euch nicht gefallen ...“

Sie führte die Gruppe wieder hinunter in den großen Speisesaal und ging zu der silbernen Urne auf der Anrichte, die sie zuvor schon in der Hand gehalten hatte. Mit spitzen Fingern zog sie vorsichtig an dem Deckel und spähte dann hinein.

„Hier ist tatsächlich etwas drin“, stellte sie fest und nestelte einen zusammengerollten Zettel heraus.

An dem Papier haftete noch ein wenig Asche, und Mara klopfte die Rolle ein paar Mal auf den Tisch, um sie zu säubern. „Also besonders ehrfürchtig ist Arthur von Kempendorff ja nicht mit seiner Mutter umgegangen ...“

Max, der das unerklärliche Bedürfnis verspürte, seinen verstorbenen Onkel zu schützen, warf ein: „Kein Wunder, unsere Großeltern müssen sehr streng gewesen sein. Zucht und Ordnung und so. Meine Mutter hat mir mal erzählt, dass sie als kleines Mädchen einmal zwei Nächte im Kohlenkeller eingesperrt wurde, nur weil sie ein Stück Kuchen aus der Küche geklaut hatte. Könnte zumindest eine gute Erklärung sein, warum meine Mutter und ihre Brüder selbst nicht gerade ein Ausbund an Wärme und Herzlichkeit sind.“

„Tja, man kann sich seine Eltern eben nicht aussuchen“, meinte Mara, und Max glaubte ein Flackern in ihren Augen zu erkennen.

Doch dann war der Moment vorbei und Mara rollte den Zettel auf dem Tisch auseinander.

Es war ein alter Brief, und Max erkannte die Schrift sofort wieder.

dass es meine Schuld ist? Kannst du dir überhaupt vorstellen, wie es sich anfühlt, wenn man jeden Morgen aufwacht und nicht weiß, wofür man eigentlich lebt?
Alles fing mit den verfluchten Dreharbeiten in Italien an. Leslie, der Schwachkopf, würde einen echten Star doch nicht mal erkennen, wenn er ihm mit der Oscar-Statue auf den Kopf schlagen würde. Wie kann er es wagen, mich von seinem Filmprojekt auszuschließen? Es waren höchstens zwei Gläser Wein, die ich hatte. Und was mach es schon, wenn ich ein paar Stunden zu spät zu den Dreharbeiten komme? Es dauert ohnehin immer eine Ewigkeit, bis es tatsächlich losgeht. Mein Alkoholproblem sei nicht mehr tragbar für das Projekt. Lächerlich.
Zugegeben, seit dieser Sache trinke ich ab und zu auch etwas mehr, aber doch nur, um mich von all den quälenden Gedanken abzulenken. Gerade an Weihnachten werde ich schnell melancholisch, das war schon immer so, wie du weißt. Da helfen mir ein paar Schluck Wein über den Abend. Und so war es auch an diesem unglückseligen Tag. Ich weiß, ich hätte besser aufpassen müssen. Ich hätte nicht die Kontrolle verlieren dürfen, ich hätte den Schlüssel zum Gästehaus nicht offen auf dem Nachttisch liegen lassen dürfen und ich hätte noch mal in Samuels Zimmer schauen sollen. Aber bei Gott, ich weiß noch nicht einmal mehr, wie ich in mein eigenes Bett gekommen bin. Der Gärtner, der alte Wischowski, hatte mich gewarnt, dass auf dem Gästehaus ein Fluch liegen würde und dass sich keine Menschenseele in der Nähe des Gebäudes aufhalten sollte. Ich habe ihn damals für einen Spinner gehalten. Aber sind es nicht oft gerade die Menschen, die wir anderen als Spinner bezeichnen, die in Wirklichkeit völlig klarsehen?
Ich weiß nicht, ob ich jemals über diese Schuld hinwegkommen werde, deswegen kann ich dich auch nicht bitten, mir zu verzeihen. Du sollst trotzdem wissen, dass es mir über alles leidtut.

Deine Monika

Max spürte ein schweres Gewicht auf seiner Brust und eine Mischung aus widerstrebenden Gefühlen. Mitleid, Schock und Bestürzung kämpften dabei um die Vorherrschaft. Er wusste, dass seine Mutter ein Alkoholproblem hatte, und auch, dass sie schon immer unter starken Depressionen gelitten hatte. Er erinnerte sich an Zeiten in seiner Kindheit, da hatte er gespielt, dass seine Mutter unsichtbar geworden wäre, weil er sie tagelang nicht zu Gesicht bekommen hatte, wenn sie sich in ihrem Schlafzimmer verkrochen hatte. Aber er hatte nicht gewusst, dass sie auch mit schweren Schuldgefühlen zu kämpfen hatte. Vermutlich hatte sie genau aus diesem Grund nie mit Max über den Brand sprechen wollen. Aber warum hatte Arthur ihnen allen dieses Geständnis nach so vielen Jahren gezeigt?

„Seht mal", lenkte Charlene Max von seinen düsteren Gedanken ab. „Auf der Rückseite des Briefs hat jemand eine Zeichnung hinterlassen. Sie ist mit einer anderen Schrift angefertigt worden, wurde also vermutlich nachträglich hinzugefügt."

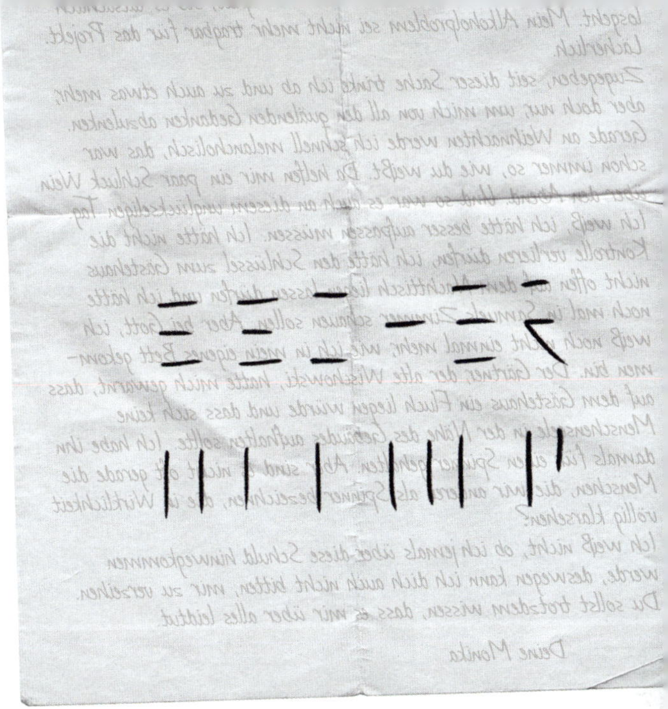

WORAUF WEIST DIE ZEICHNUNG HIN?

1. **Eine Person**
2. **Ein Buch**
3. **Ein Gefäß**

1

2

3

Alle versammelten sich um den Wandkalender herum und starrten angestrengt auf die Notiz, die mit schwarzem Filzstift daraufgekritzelt worden war.

„Wie kann denn eine 3 eine 4 sein, oder eine 8 eine 6?", fragte Rio nervös. Dann trat Mara heran und tippte mit dem Finger auf die einzelnen Buchstaben der Monatsnamen. „Der März ist der dritte Monat und hat vier Buchstaben, der August ist der achte Monat und hat sechs Buchstaben. Das bedeutet ...", wieder zählte sie mit dem Finger die einzelnen Zeichen ab, um sich ganz sicher zu sein, „dass 4, 1 und 12 mit 568 zu übersetzen ist!" Selbst Isabell nickte Mara anerkennend zu.

„Jetzt haben wir endlich einen Weg gefunden, wie wir dieses Hexenhaus verlassen können!", stöhnte Rio erleichtert, doch Max konnte seinen Optimismus nicht teilen. „Wir sind zwar keine Gefangenen mehr, aber ohne Auto schaffen wir es vermutlich nicht rechtzeitig in die Zivilisation. Felix, wie weit ist es bis zum nächsten Krankenhaus?"

Der Butler überlegte, dann hob er entschuldigend die Handflächen nach oben. „Die nächste Einrichtung ist das St.-Josef-Hospital, es befindet sich etwa 20 Kilometer von hier entfernt. Schneller wären Sie bei Freifrau von Winter, einer wohlhabenden Dame, die Zurückgezogenheit ebenso schätzt wie Herr von Kempendorff. Ihr Haus liegt etwa drei Kilometer östlich von hier. Ich habe aber leider keine Kenntnisse darüber, ob sie sich momentan dort aufhält oder doch ihre Winterresidenz auf Lanzarote besucht."

Die Gruppe verstummte kurz, und Max spürte, wie Hoffnungslosigkeit ihn zu übermannen drohte. Doch da sprang Mara auf.

„Wir brauchen doch gar kein Krankenhaus oder eine Nachbarin", warf sie ein. „Wir müssen nur eine Stelle erreichen, an der wir wieder Handyempfang haben."

Isabell schien trotzdem nicht überzeugt. „Und was ist, wenn die uns gar nicht helfen können? Wer weiß, welches Gift uns Onkel Arthur eingeflößt hat." Sie sah auf die Uhr. „Wir haben noch ungefähr zwei Stunden. Um aus dem Funkloch herauszukommen, brauchen wir maximal 30 Minuten, schätze ich. Was haltet ihr davon, wenn wir uns noch eine Stunde nehmen, um hier im Herrenhaus nach dem Gegengift zu suchen?"

Rio sah sie zweifelnd an. „Willst du dir etwa noch das Erbe schnappen?" Max tauschte einen kurzen Blick mit seiner Cousine, dann erzählte Isabell Rio und Mara von dem Testament, das sie gefunden hatten.

„Wow, er hat also fast sein ganzes Vermögen einem guten Zweck gestiftet?", fragte Mara anerkennend, aber auch ein wenig ungläubig. „Was sollte das hier dann alles? Warum wollte er uns unbedingt dazu bringen, gemeinsam die Vergangenheit unserer Eltern aufzuarbeiten? Noch dazu mit einem solch extremen Druckmittel ..."

Max beschäftigte noch eine ganz andere Frage: „Aber warum musste Arthur sterben? Ich meine, was hat Charlene von dem Mord? Sie schien doch seine einzige Vertraute zu sein." Er dachte an den Aktenordner, den sie eingesteckt hatte.

Er starrte er auf die Leiche am Boden, die ihm eine Gänsehaut einjagte. Doch plötzlich fiel ihm dabei etwas auf, dem er zuvor keine Beachtung geschenkt hatte und das alles mit einem Mal in ein völlig neues Licht rückte.

WAS HAT MAX ENTDECKT?

1. Dass einer der Anwesenden mit Charlene gemeinsame Sache macht.
2. Dass jemand nicht der war, der er vorgab zu sein.
3. Dass es noch jemand auf ihr Leben abgesehen hat.

1

2

3

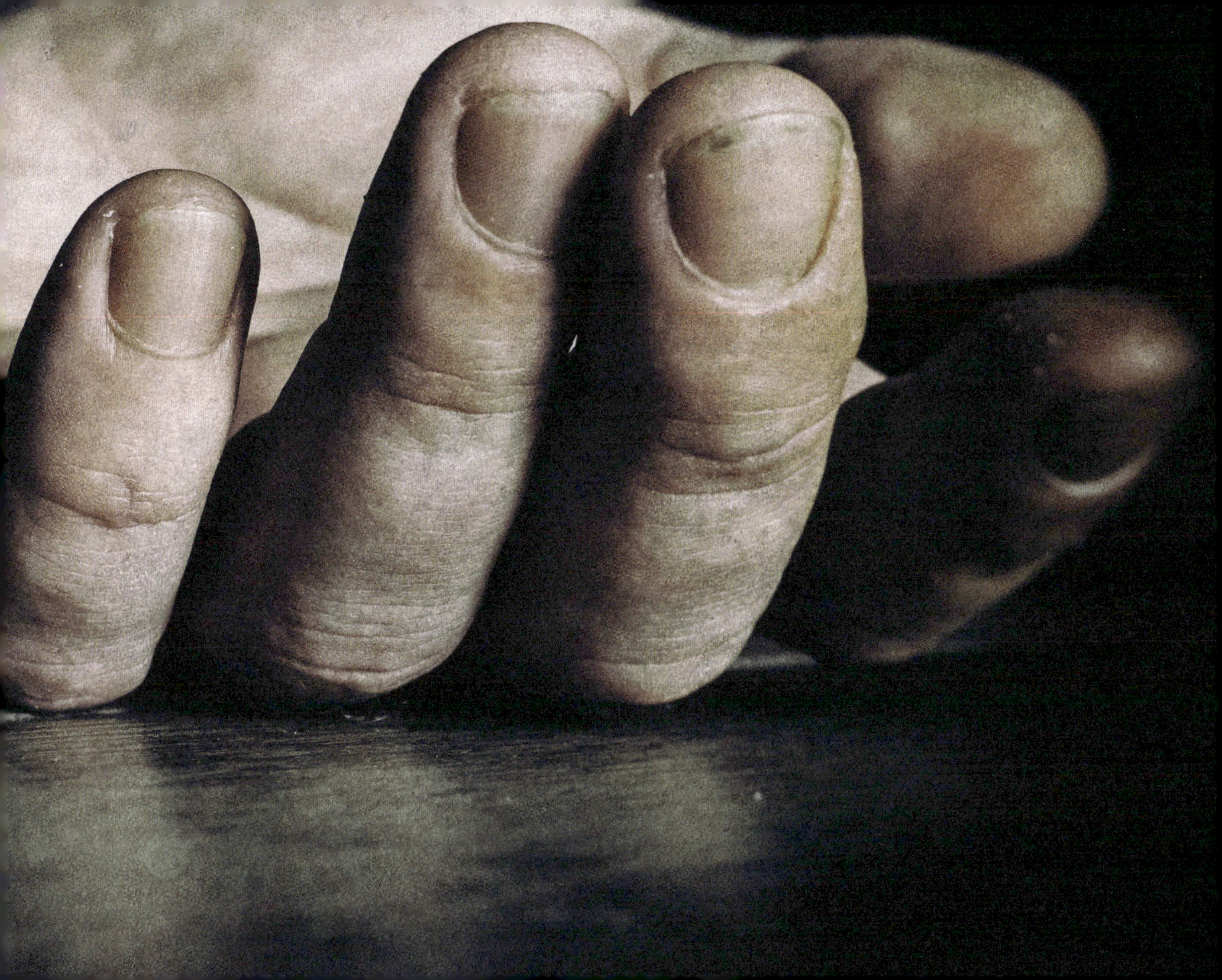

Hastig probierten sie jeden Schlüssel aus, doch keiner passte. Da sagte Rio: „Also vielleicht ist es Zufall, aber der Kopf des einen goldenen Schlüssels hat ein Loch in genau derselben Form wie die Schrauben am Beschlag …" Jetzt sahen auch die anderen, dass die Schrauben ein kleines Stück erhaben waren. Rio trat näher an die Tür, nahm den Schlüssel mit seinen lackierten Fingernägeln, setzte ihn wie einen Schraubenschlüssel an und begann zu drehen. Tatsächlich lockerte sich die erste Schraube und fiel nach wenigen Sekunden in Rios Hand. „Und da heißt es immer, in Youtube-Tutorials würde man nichts lernen", feixte er und brauchte nicht lange, bis das Schloss abmontiert war und die Tür sich öffnen ließ.

Der Anblick hob Max' Magen um einige Zentimeter. Auf dem teuren Parkettboden lag Arthur von Kempendorff neben seinem Rollstuhl – oder zumindest das, was von ihm noch übrig war. Denn sein Schädel war komplett zertrümmert worden. Die blutige Masse zeugte davon, dass nicht nur einmal auf den alten Mann eingeschlagen worden war, und Max war entsetzt angesichts der Brutalität, die der Mörder an den Tag gelegt haben musste. „Wer tut so etwas …?", murmelte er tonlos.

„Wir müssen die Polizei verständigen!", rief Mara aufgebracht und rannte zum Telefon auf dem großen Mahagonischreibtisch. „Kein Signal", stöhnte sie auf und sah Hilfe suchend zu Felix.

Doch der zuckte nur mit den Schultern. Er sah aus, als ob er gleich umkippen würde.

Isabell beugte sich zu dem leblosen Körper hinunter und begutachtete ihn mit professioneller Miene, während Charlene aus dem Zimmer rannte und kurz darauf ein Würgegeräusch zu hören war.

„Was sollen wir denn jetzt machen?", fragte Rio. „Wir können den alten Kerl doch nicht einfach so liegen lassen …"

„Es wird uns nichts anderes übrig bleiben, wenn wir mögliche Spuren nicht verwischen wollen", stellte Isabell trocken fest. Unwillkürlich fiel Max' Blick auf die Hosentaschen des Toten. Der Schlüsselbund mit dem blauen Hasen war verschwunden. Max kroch ein unangenehmer Gedanke ins Bewusstsein. „Sind wir denn wirklich die einzigen Gäste hier im Haus, Felix?", fragte er den Butler. Der nickte schluckend, da auch ihm klar wurde, was das bedeutete. „Ja, der gnädige Herr hat schon seit Wochen keinen Besuch mehr empfangen, nicht einmal seinen Arzt hat er noch kommen lassen."

Charlene stand mittlerweile wieder schwankend im Türrahmen. Sie schien sich an ihrer großen Handtasche festzuhalten. „Das bedeutet also, einer von uns muss der Mörder sein", murmelte sie tonlos.

„Aber was ist mit dem Gegengift?", flüsterte Mara. „Mit diesem Verbrechen hat der Täter ja sein eigenes Todesurteil unterschrieben. Das ergibt doch überhaupt keinen Sinn!"

Alle schwiegen, bis Isabell leise sagte: „Außer er wusste zum Zeitpunkt der Tat noch nichts von dem Gift …"

Max hielt es nicht mehr aus. Er schrie: „Erbe hin oder her, hier ist ein Mord passiert und unsere Leben stehen auf dem Spiel. Wir müssen alle dringend zu einem Arzt oder ins Krankenhaus! Ich werde jetzt aus diesem ganzen Quatsch aussteigen und mit dem Auto Hilfe holen."

Er stapfte in Richtung Ausgang, dicht gefolgt von Mara: „Warte! Ich komme mit!", rief sie.

Doch ihr Aktionismus wurde abrupt gestoppt. Die Haustür ließ sich nicht öffnen. Max rüttelte und schlug gegen das Türblatt, während Mara die vergitterten Fenster überprüfte.

„Wir kommen hier nicht raus!", stellte Max frustriert fest. „Onkel Arthur hat uns für seine kleine Rätselrunde eingesperrt wie Laborratten." Er fluchte leise vor sich hin. Auch die anderen waren mittlerweile in der Diele angekommen und sahen bestürzt auf den versperrten Ausgang.

Max fühlte Verzweiflung in sich aufsteigen, einen Vorgeschmack der Hoffnungslosigkeit, die er als Jugendlicher oft gespürt hatte. Wenn die an ihn gestellten Erwartungen seiner Eltern ihn schier erdrückt hatten. Dieser Zustand, in dem nichts mehr Sinn ergab und sich ein schwarzer Schatten auf sein Innerstes legte, den er einfach nicht abschütteln konnte. Damals hatten ihn diese Gefühle häufiger zu Suizidgedanken getrieben.

Eine Therapie hatte ihn schließlich wieder zurück ins normale Leben gebracht. Und er hatte sich geschworen, einen Beruf zu ergreifen, in dem er anderen Jugendlichen, die in Problemen steckten, helfen konnte, bevor es zu spät war.

Es war ein gutes Gefühl, seinen Beitrag im Jugendheim zu leisten, und er wünschte sich, jetzt dort und nicht in dieser verfluchten Villa zu sein. Er wusste absolut nicht, was er als Nächstes tun sollte. Er fuhr heftig zusammen, als plötzlich eine ihm mittlerweile wohlbekannte Stimme ertönte. „Amüsiert ihr euch auch so köstlich wie ich?“, hörte er Arthur aus dem Speisesaal verkünden. Alle sahen sich erschrocken an, doch dann rannten sie sofort zu dem großen Monitor, auf dem sie ein Geist erwartete. „Wenn ihr die Schatulle geöffnet habt, wisst ihr ja bereits, wo eure Suche weitergehen wird. Ich verabschiede mich jetzt von euch. Ich habe diese Botschaften vorab aufgezeichnet, damit ich genügend Zeit habe, mich zurückzuziehen. Ich will schließlich nicht, dass ihr doch noch in Versuchung geratet, mich aufzusuchen, und etwa den armen Felix nötigt, euch zu mir zu bringen. Dies ist also das letzte Mal, dass ich zu euch spreche. Ihr werdet diese Sache allein durchstehen müssen, wenn ihr überleben wollt. Viel Erfolg!“

Der Bildschirm wurde wieder schwarz und die Bestürzung stand Mara ins Gesicht geschrieben. „Verdammt ...“, murmelte sie leise. Doch auch die anderen waren sprachlos. Nur Rio hatte sich mittlerweile an einer winzigen Tastatur auf der Unterseite der kleinen Schatulle zu schaffen gemacht und gab das Wort LETAL ein. Die kleine Kiste öffnete sich und zeigte einen Zettel mit einer runden Skizze darauf.

WO FÜHRT SIE DIESES RÄTSEL HIN?

1. **In die Bibliothek**
2. **Ins Musikzimmer**
3. **In den Keller**

1

2

3

Zuerst ergab die Zahlenkolonne auf dem Zettel keinen Sinn für Max, doch dann fiel sein Blick auf das elektrische Schloss des Safes. Wenn er 44 drücken würde, stünde das für ein H, die 2 für ein A und die 88 für ein U. Dann blieben noch drei Zweier, die für AB stehen konnten. HAU AB.

Das war nicht nur eine Aufforderung. Das war eine Warnung, wenn nicht sogar eine Drohung. Max starrte auf den Zettel in seiner Hand, unfähig, sich einen Reim auf die Nachricht zu machen. Er verspürte ein leichtes Unbehagen in der Magengrube, doch stärker war ein anderes Gefühl: Trotz. Er würde sich nicht von einer anonymen Botschaft ins Bockshorn jagen lassen. Er hatte genauso ein Anrecht darauf, hier zu sein, wie Isabell, auch wenn er nicht so erfolgreich war wie der Rest der exquisiten Kempendorff-Familie.

Er beschloss, nicht bis zum Mittagessen zu warten, sondern direkt seinen Onkel aufzusuchen. Er wollte wissen, auf welches Spielchen er sich hier einließ. Also schlüpfte er aus dem Zimmer und suchte den Weg zu den privaten Gemächern von Arthur von Kempendorff.

Doch das stellte sich als schwieriger heraus als gedacht. Die Villa war unübersichtlich und verwinkelt. Max fiel auf, dass beinahe jede Tür mit einem Schloss gesichert war. Selbst vor den Fenstern hielten eiserne Gitter ungebetene Besucher fern.

Es schien, als ob sein Onkel vor irgendetwas oder irgendjemandem große Angst hätte. Max konnte es ihm nicht verübeln. Von Kempendorff war durch seine Schokolade nicht nur steinreich und deswegen ein lohnendes Ziel. In seinem Rollstuhl war er auch relativ wehrlos.

Bevor er sich auf den Weg zu diesem seltsamen Familientreffen gemacht hatte, hatte Max seine Mutter zu Arthur befragt. Schließlich war er beim letzten Treffen noch so klein gewesen, dass er sich selbst kaum erinnern konnte. Nach einem Unfall im Chalet der von Kempendorffs vor über 20 Jahren, der so viel Leid und Unglück über die Familie gebracht und der seinen Onkel in den Rollstuhl befördert hatte, war die Familie auseinandergefallen. Arthur hatte sich zuerst nur aus der Öffentlichkeit zurückgezogen, zwei Jahre später dann auch den Kontakt zu seinen Geschwistern abgebrochen. Er war der älteste von drei Brüdern, deshalb hatte er auch die Schokoladenfirma von den Eltern übernommen, gefolgt von Lothar, dem Arzt, und Matthias, der es, soweit Max wusste, als Immobilienmakler zu Geld gebracht hatte. Alle drei Brüder hatten die gleichen markanten Gesichtszüge, blonde Haare und die gleichen eisblauen Augen, sodass sie in Kindertagen schon des Öfteren verwechselt worden waren.

Max' Mutter Monika war das Nesthäkchen gewesen. Sie sprach zwar gerne über den großen Namen ihrer Familie, doch gesehen hatten sich die Geschwister kaum. Lothar war mitsamt Frau und Tochter Isabell jedes Jahr an Ostern und Weihnachten vorbeigekommen, doch auch das hatte aufgehört, als Isabell erwachsen war. Weniger Kontakt hatte er nur zu seinem Onkel Matthias gehabt. Matthias hatte bei dem Unfall in dem Chalet seinen einzigen Sohn verloren und sich deswegen völlig von der Familie abgekapselt. Er war irgendwo ins Ausland gezogen, hatte mit seiner Trauer allein sein wollen, auch wenn Monika das nie hatte akzeptieren können. Sie war schon immer dem Alkohol zugeneigt gewesen, aber seit dem Unglück hatte sie ihren Konsum immer weniger unter Kontrolle. Deswegen wurden irgendwann auch die Rollenangebote immer spärlicher und sie lebte mehr im Glanz ihrer Erinnerungen als in dem der echten Scheinwerfer. Sie hatte Max viel von ihrer früheren gemeinsamen Kindheit unter den strengen Augen der Eltern erzählt, aber sobald das Gespräch auf die tragischen Ereignisse vor über 20 Jahren kam, wechselte sie das Thema oder erinnerte sich plötzlich an ein sehr wichtiges Telefonat, das sie noch führen musste.

Max nahm sich vor, Onkel Arthur einfach geradeheraus zu fragen, was damals geschehen war. Doch dafür musste er ihn erst mal finden. Er schüttelte die düsteren Gedanken ab und nahm weiter das Herrenhaus unter die Lupe. Schließlich erreichte er den Flur im ersten Stock, der zu der Balustrade führen musste, an der Arthur sich vorhin in seinem Rollstuhl gezeigt hatte. Doch auch an dieser Tür sorgte ein Zahlenschloss für die scheinbar nötige Sicherheit.

Max wollte schon aufgeben, als er an der Wand gegenüber ein gerahmtes Bild entdeckte, das ihm sofort ins Auge stach. Interessiert trat er näher. Denn es war keine hübsche Malerei, sondern vielmehr eine Kalligrafie.

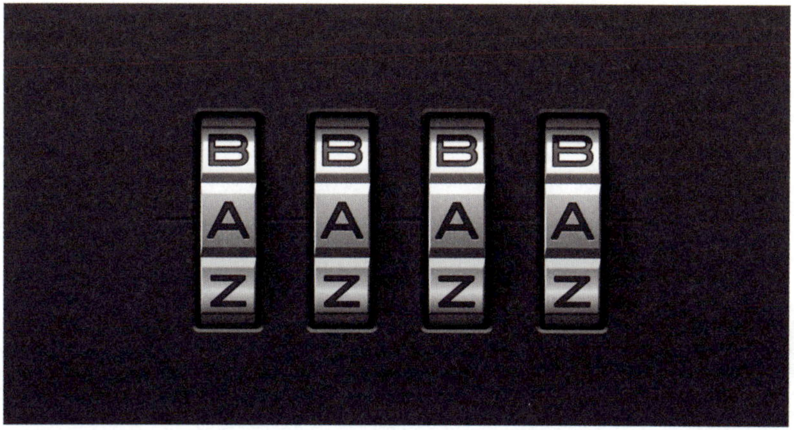

MIT WELCHER BUCHSTABENKOMBINATION KANN MAX DIE TÜR ÖFFNEN?

1. CODE
2. ZEIT
3. LAST

1

2

3

Max spürte, dass er der Lösung ganz nah war. Er sah sich die Wörter noch einmal an. Welche Gemeinsamkeit hatten sie? Dann fiel es ihm wie Schuppen von den Augen: In jedem Wort kam eine Zahl vor, zuerst die Eins, dann die Zwei und die Drei. Sie mussten sich also auf die Suche nach einem Instrument machen, das die Vier enthielt. „Das Klavier!", platzte es aus ihm heraus.

Charlene war schon an das schwarz glänzende Instrument herangetreten und hob den Deckel, sodass die Tasten zum Vorschein kamen. Doch darunter war nichts verborgen.

Rio öffnete die obere Abdeckung, leuchtete mit seinem Handy in den Innenraum und spähte hinein. „Kein Gegengift, kein Erbe und auch keine versteckten Zettel. Scheint, als ob AK uns angeschmiert hat", drang seine Stimme dumpf aus dem Inneren, und Max glaubte einen Hauch von Bitterkeit darin auszumachen.

„Vielleicht hat Arthur von Kempendorff doch ein anderes Instrument gemeint?", überlegte Mara und begann, das Zimmer unter die Lupe zu nehmen. Max, Charlene und Isabell folgten ihrem Beispiel, während Rio sich an das Klavier setzte und auf den Tasten herumklimperte.

„Sag mal, wie war eigentlich das Verhältnis zwischen Rio und Arthur?", forschte Max bei Charlene nach, während sie nebeneinander vor dem Schlagzeug knieten und die Trommeln untersuchten. „Wie du weißt, hat Arthur keine großen Kontakte gepflegt", antwortete sie ausweichend, doch Max ließ nicht locker. „Ich meine, hat es jemals Streit zwischen ihnen gegeben? Wegen der Unterhaltszahlungen oder so?" Charlene zögerte kurz, bevor sie leise antwortete: „Vor etwa einem halben Jahr hat Arthur mich gebeten, sämtliche Zahlungen einzustellen. Rio hat das nicht besonders gut aufgenommen, er hat den armen Arthur mit E-Mails bombardiert."

Max' Blick huschte zu Rio hinüber, der immer noch versuchte, ein Lied zum Besten zu geben, und sich dabei über sich selbst zu amüsieren schien. Unwillkürlich fragte sich Max, wie viel Rio mit seinem Influencer-Dasein verdiente und ob er vielleicht in Geldproblemen steckte. Die Fotos, die er in den sozialen Medien von ihm gesehen hatte, zeugten auf jeden Fall von einem ausschweifenden und kostspieligen Lebensstil.

„Hey, ihr beiden!", unterbrach Mara sie. „Was tuschelt ihr hier denn so herum? Das ist nicht gut für unseren Team-Spirit. Wir müssen uns jetzt zusammenreißen und schauen, wie wir schnellstmöglich diese dämlichen Rätsel lösen." Sie nahm eine der Gitarren aus der Wandhalterung und schüttelte sie heftig.

„Unterlassen Sie das! Sofort!", empörte sich Isabell. „Diese Instrumente sind vermutlich alle mehrere Tausend Euro wert, und Sie gehen damit um wie mit einem verstopften Salzstreuer. Haben Sie denn gar keinen Respekt vor dem Erbe meines Onkels?"

„Hören Sie doch bitte auf mit Ihrem elitären Gehabe. Es ist mir ehrlich gesagt ziemlich egal, wie viel das alles wert ist. Mich interessiert nur, wie wir alle hier lebend wieder rauskommen", gab Mara mit einem bestimmten Unterton zurück, was Isabell kurz die Sprache verschlug. Sie fasste sich jedoch schnell wieder. „Dürfen wir denn mal erfahren, was Sie hier überhaupt zu suchen haben? Das ist eine Sache, die nur die Familie etwas angeht. Schlimm genug, dass dieser Ausrutscher", sie deutete auf Rio am Klavier, „dabei ist. Aber Sie, warum hat Arthur Sie eingeladen? Es muss eine Verbindung geben, und die sollten Sie uns besser verraten, wenn wir hier alle als Team spielen sollen, wie Sie selbst vorhin vorgeschlagen haben."

Mara stellte die Gitarre wieder zurück und Max fiel auf, dass sie nicht sofort antwortete. In diesem Augenblick rief Rio plötzlich von seinem Platz am Klavier: „Hey, Leute, ich glaube, ich hab's! Kommt mal alle her!"

Das musste er nicht zweimal sagen. Die Gruppe umringte Rio, der auf dem Klavierschemel saß und auf ein Notenblatt tippte. Das Blatt hatte die ganze Zeit auf dem Notenpult gestanden, aber Max hatte ihm während seiner fieberhaften Untersuchung des Instruments selbst keine Bedeutung beigemessen. Zumal scheinbar beiläufig gerade mal vier Noten darauf skizziert waren.

Doch da fielen ihm die beiden Buchstaben ins Auge, die jemand auf den unteren Rand des Blattes notiert hatte: AK. Das Monogramm seines Onkels und ganz offensichtlich ein Hinweis, dass dieser Zettel von ihm stammte. Aber wieso hatte er ihn hier für sie zurückgelassen?

WO FÜHRT SIE DAS NOTENBLATT HIN?

1. **Zu einer Urne**
2. **Zu einem Teppich**
3. **Zu einer Spieluhr**

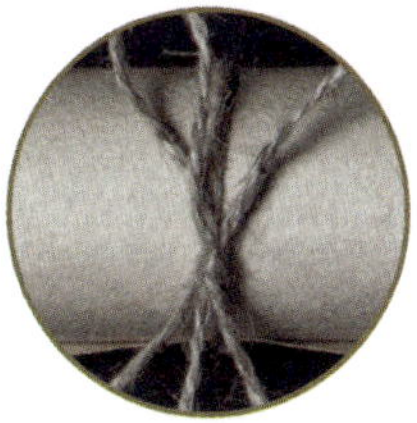

1

2

3

So unauffällig er konnte, lehnte Max sich zurück und tastete mit den Händen, die hinter seinem Rücken aneinandergeklebt waren, nach einem Geschenk mit weißer Schleife, das genau hinter ihm lag.

Rio hatte ihm eine Gans und ein Schaf vor die Nase geworfen. Wenn man die Worte aussprach, klangen sie wie „ganz scharf", und das hatte Max sofort an Rios japanisches Messer erinnert, das dieser für Arthur mitgebracht hatte. Schließlich hatte Rio mehr als einmal betont, dass es eins der schärfsten Messer war, die man kaufen konnte.

„Aber wie hast du es angestellt, dich selbst zu kidnappen?", wollte Rio wissen, und Max begriff, dass er Charlene ablenken wollte.

„Das war ein Kinderspiel", meinte sie. „Ich kenne das Haus wie meine Westentasche und weiß von jedem Fahrstuhl, Lift oder Geheimgang. Nachdem ich mich um den Butler gekümmert hatte, bin ich mit dem Aufzug zum Angestelltentrakt gefahren und habe mir da ein Zimmer ausgesucht, in dem ich euch eine schriftliche Warnung hinterlassen konnte. Mit dem Klebeband musste ich dann zuerst meine Füße fesseln und mir den Knebel anlegen. Der Trick bestand darin, mir die Hände vor dem Körper zusammenzukleben und dann durch sie hindurchzusteigen, sodass es aussah, als wären sie hinter dem Rücken gefesselt worden. Gut, dass ich zweimal in der Woche ins Yoga gehe." Sie grinste böse. „Den Kopf vorher gegen die Regalkante zu stoßen, hat mich schon etwas Überwindung gekostet, aber manche Opfer müssen eben gebracht werden." Sie seufzte. „Ich hätte mir gewünscht, dass es nicht so enden muss mit Matthias."

Max hatte das Geschenkpapier unauffällig entfernt, während Charlene sprach, und tastete nun vorsichtig nach der Klinge des Messers, um seine Fesseln zu durchtrennen.

Mara, die zu ahnen schien, dass Max etwas vorhatte, sprang Rio zur Seite. „Und warum hast du den Ordner mitgehen lassen?" „Das Testament musste weg", antwortete Charlene, die Waffe jetzt auf Mara gerichtet. „Matthias und ich hatten mittlerweile natürlich ein neues aufgesetzt, das mich mit einem großzügigen Anteil berücksichtigen würde. Ich wollte die alte Version schon lange vernichten, aber Matthias hat mir nie Zugang zu seiner Schatzkammer gewährt, geschweige denn zu seinem Safe. Den Schlüsselbund mit diesem seltsamen Hasenanhänger, der wohl mal seinem Sohn gehört hatte, hat er nie aus der Hand gegeben. Ich konnte also nicht an das Testament herankommen. Kurz nach eurer Ankunft habe ich mit Matthias gesprochen. Als er mir gestanden hat, dass er euch wissen lassen möchte, was damals bei dem Brand wirklich passiert ist, wollte ich ihn von seinem Plan abbringen. Die Gefahr war zu groß, dass wir alles verlieren würden! Doch er wollte einfach nicht auf mich hören. Wollte sogar mit einem Glas Champagner auf die Wahrheit anstoßen. Da habe ich einfach die Kontrolle verloren. Als er mir kurz den Rücken zuwandte, nahm ich die Flasche und schlug zu. Ich redete mir selbst ein, dass ich ihm womöglich sogar einen Gefallen tat, wenn er hier und jetzt sterben würde, statt in wenigen Monaten unter Schmerzen an Krebs. Ich nutzte die Gelegenheit und nahm mir den Schlüsselbund für den Tresor mit. Ich dachte mir schon, dass sich irgendwann eine Möglichkeit bieten würde, die Schatzkammer zu betreten."

Charlene wandte sich nun an Max. „Was fummelst du denn die ganze Zeit da herum?" Sie machte einen Schritt auf Max zu, doch Mara versuchte sich aufzurappeln und sich ihr in den Weg zu werfen. „Und warum hast du ihm dann den kompletten Schädel zertrümmert? Hast du ihn dermaßen gehasst?", fragte sie provozierend. Charlene gab Mara einen leichten Tritt, um sie wieder auf ihren Platz zu befördern. „Im Gegenteil", gab sie ruhig zurück. „Matthias war ein gebrochener Mann, aber er war von allen Kempendorff-Geschwistern wohl der aufrichtigste. Doch ich hatte keine Wahl. Als er ohne Bewusstsein vor mir lag, habe ich noch so lange weiter auf den Schädel geschlagen, bis ich sicher sein konnte, dass eine Identifizierung völlig unmöglich war. Es war widerlich."

Charlene erschauderte und Max nutzte den kurzen Moment. Er hatte die Fesseln seiner Hände mittlerweile gelöst, und mit dem japanischen Santoku-Messer in der Hand stürzte er sich nun auf Charlene. Die riss ihre Waffe in Max' Richtung und wollte feuern, doch in diesem Augenblick rollte Rio sich mit seinem ganzen Gewicht in Charlenes Richtung. Sie stolperte und verlor das Gleichgewicht. Max schnellte nach vorne, griff nach der Pistole und wand sie ihr blitzschnell aus der Hand.

Entwaffnet und wehrlos fiel Charlene auf Isabell, die sich geistesgegenwärtig zur Seite rollte, sodass Charlene direkt unter dem Tannenbaum landete.

Max sah auf die große Standuhr, es war kurz vor zwölf. Würde das Gift nun bald damit beginnen, seine schreckliche Wirkung zu entfalten? So schnell er konnte, befreite er die anderen und sorgte dafür, dass nun Charlene diejenige war, die gefesselt unter dem Christbaum saß.

Sein Puls beschleunigte sich, als die alte Uhr anfing, Mitternacht anzukündigen. Er spürte, wie Mara nach seiner Hand griff. Doch in diesem Augenblick schaltete sich plötzlich wieder wie von Geisterhand der große Monitor an der Wand an.

Das Gesicht, das sie für Onkel Arthur gehalten hatten, das aber in Wahrheit Matthias gehörte, erschien und lächelte sie an.

„Der 24. Dezember ist nun angebrochen und natürlich habe ich auch noch ein Weihnachtsgeschenk für euch: das Gegengift. Keine Sorge, ich habe euch nichts ins Essen getan, höchstens einen Schuss Schokolade." Er lachte kurz auf, bevor er fortfuhr: „Das Gegengift für euch war die Wahrheit. Sie wird euch hoffentlich in Zukunft davon abhalten, die gleichen Fehler zu begehen, die eure Eltern gemacht haben. Heute weiß ich, dass auch sie nur Menschen sind, und Menschen machen manchmal Fehler. Ich trage keinen Groll mehr in mir und möchte, dass ihr ihnen ausrichtet, dass ich ihnen verzeihe. Für mich wird es leider kein Happy End geben. Ich habe einen kleinen, aber stetig wachsenden Tumor hier oben drin." Er tippte sich an den Hinterkopf. „Ich habe vermutlich noch zwei bis drei Monate. Deswegen wollte ich am Ende meines Lebens über totgeschwiegene Dinge sprechen, damit Samuel nicht umsonst gestorben ist. Ich hoffe, dass ihr mir diesen kleinen Spaß nicht übel nehmt." Er nahm einen Schokoladennikolaus und trennte ihm mit einem Bissen den Kopf von den Schultern. „Ach, und bevor ich es vergesse: Frohe Weihnachten euch allen!"

Öffne gleich die nächste Seite! →

TAGESANZEIGER

RAVING RIO DOCH DER SOHN DES MILLIONÄRS

Der bekannte Influencer Raving Rio hatte erst vor wenigen Monaten erfahren, dass er offenbar nicht der Sohn des wohlhabenden Schokoladen-Millionärs Arthur von Kempendorff sei, anders als sein Leben lang angenommen. Das hatte ein Vaterschaftstest ergeben, den die Anwältin der Familie in Auftrag gegeben hatte, vermutlich, um von Kempendorff weitere Zahlungen zu ersparen. Doch nachdem sich herausstellte, dass es sich bei dem Mann, der die Firma seit über 20 Jahren leitete, gar nicht um den echten Arthur von Kempendorff, sondern um dessen Bruder handelte, kam es nun zu einer überraschenden Wendung: Ein erneuter Test mit dem Erbgut des bereits seit Langem verstorbenen Arthur von Kempendorff ergab, dass Rio dessen Sohn ist. Trotzdem steht Rio nur ein kleiner Pflichtteil des Erbes zu, denn den Rest hatte von Kempendorff noch zu Lebzeiten für einen guten Zweck bestimmt.

„Für einen Trip zu den Bahamas reicht es allemal", hat Raving Rio seine Fans wissen lassen und auf seinem Account bereits Fotos von seiner Reise gepostet.

MÖRDERIN DES FALSCHEN SCHOKO-MILLIONÄRS HINTER GITTERN

Das Gericht verurteilte Charlene W. zu zwölf Jahren Haft ohne Bewährung. Zuvor war die Rechtsanwältin des Schokoladen-Magnaten Arthur von Kempendorff wegen Totschlags an Matthias von Kempendorff für schuldig befunden worden. Vorausgegangen war ein Identitätsklau, der sich schon über 20 Jahre lang hinzog.

Der reiche Firmeninhaber Arthur von Kempendorff war damals verstorben, doch die Angeklagte Charlene W. hatte den Todesfall vertuscht und stattdessen den Bruder des Multimillionärs, Matthias von Kempendorff, dazu angestiftet, seinen Platz einzunehmen, um weiter über das Vermögen verfügen zu können.

Die Polizei untersucht aktuell noch die genaue Todesursache des echten Arthur von Kempendorff, der laut Aussage der Verurteilten vor 20 Jahren durch einen Schlaganfall ums Leben gekommen sein soll. Es sei nicht auszuschließen, dass auch hier Frau W. ihre Finger im Spiel hatte, hieß es.

Mama
Hallo Mama, ich würde gerne mit dir über die Ereignisse vor 20 Jahren reden. Ich weiß mittlerweile, unter welchen Schuldgefühlen du all die Jahre gelitten hast. Aber jetzt ist es an der Zeit, dir selbst zu verzeihen. Onkel Matthias hat das getan, und deswegen kannst du das auch. Ich freue mich schon darauf, morgen mit euch Weihnachten zu feiern.
Dein Sohn Max
Type a message
„DER KLEINE HORRORLADEN" VERBUCHT REKORDUMSÄTZE
„Mit so einem Erfolg hätte ich niemals gerechnet", gesteht Mara Wischowski, Gründerin und Inhaberin des Versandhandels für fleischfressende Pflanzen. Das Unternehmen konnte nach leichten Startschwierigkeiten nun einen wahren Rekordgewinn einfahren. Das Ganze sei nur möglich gewesen, weil die renommierte Ärztin Isabell von Kempendorff in das Unternehmen investiert hatte, erklärte Wischowski den Erfolg. Zuvor hatte Isabell von Kempendorff bereits Schlagzeilen gemacht, als ihr Vater, Lothar von Kempendorff, dessen Praxis sie übernommen hatte, mögliche Behandlungsfehler in der Vergangenheit offenlegte und den betroffenen Familien Schmerzensgeld dafür auszahlte.
Jugendheim freut sich über anonyme Spende
Dieses Weihnachtsfest hat im Jugendheim St. Arnual für strahlende Gesichter gesorgt. Dank einer sehr großzügigen anonymen Spende konnte nicht nur das komplette Gebäude renoviert und erweitert werden, auch die restlichen Jugend- und Kindereinrichtungen der Stadt wurden jeweils durch eine große Spende unterstützt. Sozialarbeiter Max von K. sagte zu dem plötzlichen Geldregen: „Manchmal können eben auch reiche Menschen gute Entscheidungen treffen."

Aus dem Augenwinkel heraus hatte Max bemerkt, dass die erste Tür auf der linken Seite plötzlich offen stand. Er war sich völlig sicher, dass bei seinem Eintreffen alle Zimmer verschlossen gewesen waren. Er fuhr herum und das Adrenalin schoss ihm durch die Adern. Hatte ihn jemand beim Lauschen beobachtet? Aber warum hatte diese Person ihn nicht angesprochen, sondern war offenbar still und heimlich aus den privaten Gemächern Arthurs verschwunden?

Max beschloss, dass es an der Zeit war, sich aus dem Staub zu machen. Während seines Rückzugs warf er noch einen schnellen Blick durch den offen stehenden Türspalt in den Raum. Es schien eine Art Bibliothek zu sein, doch sie war menschenleer.

Nachdem er überraschend schnell sein Zimmer wiedergefunden hatte, lehnte er sich erleichtert an die Innenseite seiner Tür, um zu Atem zu kommen. Es blieb ihm noch eine knappe halbe Stunde, bevor er im Speisesaal sein musste. Erschöpft setzte er sich aufs Bett. Er fragte sich, was Isabell, Mara und Rio gerade trieben, doch der Rest der Villa schien wie ausgestorben.

Als Max 30 Minuten später den Speisesaal betrat, saß dort bereits Rio in einem weißen Anzug, ein Glas Champagner in der Hand. Er unterhielt sich angeregt mit einer älteren Dame um die sechzig. Der kurze, schwarze Bob, den sie trug, harmonierte perfekt mit dem schwarzen Kostüm, das gleichzeitig elegant und anziehend wirkte. Über die Schulter trug sie eine große schwarze Ledertasche mit goldenem Designer-Label darauf. „Hallo, ich bin Charlene Widmann, Freundin und Anwältin von Arthur von Kempendorff."

Sie hatte eine warme, angenehm dunkle Stimme und ihre Finger waren kühl und feingliedrig, als sie Max die Hand schüttelte. Max setzte sich zu den beiden und ließ sich von Felix ebenfalls ein Glas Champagner geben, auch wenn er diesem sprudeligen Vergnügen nicht wirklich etwas abgewinnen konnte. Max fragte sich, ob Charlenes Anwesenheit berufliche Gründe hatte oder ob sie einfach eng mit Onkel Arthur befreundet war, befand diese Frage dann aber für unhöflich. Er sah sich um. An der Wand des herrschaftlichen großen Raums hingen unzählige Gemälde, von denen jedes wahrscheinlich mehr kostete, als Max auf dem Bankkonto hatte. Über ihnen prangte ein prunkvoller Leuchter, und eine Ecke des Raums wurde komplett von einem großzügig geschmückten Tannenbaum in Beschlag genommen. Der war mindestens zwei Meter hoch und ebenso breit, darunter lagen einige in rotes Papier verpackte Geschenke. „Kannst du eben mal mein Messer dazulegen? Du stehst gerade noch", fragte Rio in bester Laune und drückte Max ein zerknittertes Päckchen mit weißer Schleife in die Hand. „Aber schön aufpassen, dass du dich nicht schneidest, es ist schließlich eins der schärfsten Messer der Welt drin!"

Max überging die überflüssige kleine Prahlerei, tat wie geheißen und entdeckte dabei eine wunderschöne alte Holzkrippe auf der Anrichte neben dem Christbaum. Neben Maria, Josef und dem Jesuskind gab es noch unzählige Tiere wie Schafe, Kühe und Gänse. Er meinte sich zu erinnern, dass sie die gleichen Figuren auch in seiner Kindheit aufgestellt hatten.

Kurz darauf traf Isabell ein, in einem figurbetonten Kleid, gefolgt von Butler Felix, der bereits vier Teller auf den Armen balancierte. „Darf ich den ersten Gang servieren?", fragte er und wartete, bis alle sich gesetzt hatten. Es gab Lachstatar mit kleinen, aufgeschnittenen Wachteleiern, und Max merkte, wie hungrig er nach der langen Anreise war. Von Mara und Onkel Arthur fehlte bisher jede Spur.

„Sollen wir nicht warten, bis alle da sind?", fragte Max und sah auf die große Standuhr. Es war jetzt zehn nach zwölf. „Herr von Kempendorff bittet Sie, mit dem Essen anzufangen", erklärte Felix. In diesem Moment betrat auch Mara den Speisesaal. Sie hatte sich umgezogen und trug nun eine modische Trainingsjacke mit einer weiten Jeans. Max gefiel das, so fühlte er sich nicht als Einziger underdressed in seinem blauen Pullover mit grauer Stoffhose. Sie stieß beim Vorbeigehen an eine kleine Anrichte, auf der eine silberne Vase mit Deckel ins Schwanken geriet. Mara fing sie geistesgegenwärtig auf. „Seien Sie bitte vorsichtig", bat Felix sie. „Sie halten gerade die Asche der Mutter von Herrn von Kempendorff in den Händen." Maras Augen wurden groß. Eilig stellte sie die Urne wieder ab und setzte sich neben Max. „Schon ein bisschen unheimlich, neben einer Toten zu essen, oder?", raunte sie ihm verschwörerisch zu, und er konnte nicht anders, als zu grinsen.

Als alle das Lachstatar und ein buttriges, perfekt gewürztes Risotto gegessen hatten, veränderte sich plötzlich etwas in dem Raum. Ein besonders großes Gemälde auf der Westseite des Speisesaals verschwand und ließ nur einen schwarzen, rechteckigen Fleck zurück. Erst als an der gleichen Stelle ein Bild von Arthur erschien, verstand Max, dass es sich um einen riesigen, flachen Monitor handeln musste. Der Multimillionär wurde von hinten mit einem Scheinwerfer beleuchtet, sodass sein Gesicht zu großen Teilen im Schatten lag und dadurch unheimlich und verschlossen wirkte.

Alle Gäste starrten überrascht auf den Bildschirm, auf dem ihr Gastgeber nun zu sprechen begann.

„Ich möchte euch an dieser Stelle noch mal willkommen heißen. Verzeiht, dass ich nicht persönlich bei euch sein kann, doch es gibt gute Gründe dafür." Arthur von Kempendorff machte eine kurze Pause, bevor er weitersprach. „Es geht zu Ende mit mir. Ich habe Krebs – im Endstadium. Und wie ihr wisst, habe ich mit meiner Schokolade ein nicht unbeträchtliches Vermögen zusammentragen können. Da ich mit meinen Geschwistern keinen Kontakt mehr habe, möchte ich euch die Möglichkeit geben, dieses Geld zu erben. Doch viel Geld ist häufig auch mit vielen dunklen Geheimnissen verbunden. Erst wenn ihr die Wahrheit begreift, seid ihr bereit für mein Vermögen. Versucht nicht, mich zu finden. Ihr werdet kein Glück haben. Aber keine Sorge, in einer Stunde werde ich mich an dieser Stelle wieder an euch wenden. Bis dahin habt ihr Zeit, den ersten Hinweis zu finden. Ich sage nur so viel: Kreuzt die Waffen!"

Damit wurde der Monitor wieder schwarz und Max sah die anderen Gäste an, die genauso überrascht zu sein schienen wie er. „Was zur Hölle …?", fluchte Rio, während Isabell gefasster schien: „Es ist natürlich sehr schade, dass Onkel Arthur krank ist, aber wir sollten jetzt nicht in Trauer versinken, sondern seinem Wunsch folgen und uns auf die Suche nach seinem Erbe machen."

„Nach der Wahrheit", verbesserte Max sie. „Das ist doch anscheinend das Gleiche", wiegelte Isabell ab und wollte wissen: „Was hat Arthur nur gemeint mit dem Satz ‚Kreuzt die Waffen!'?"

←TIPP: BLÄTTERE EINE SEITE ZURÜCK UND SIEH DIR DIE GEMÄLDE GENAUER AN

WO KÖNNEN SIE DEN ERSTEN HINWEIS FINDEN?

1. **In einer Rüstung**
2. **In einer Uhr**
3. **In einer Vase**

1

2

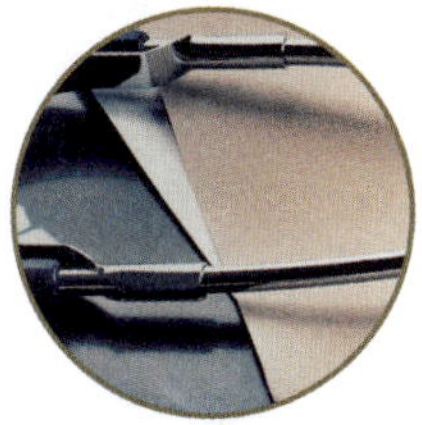

3

Max kniff die Augen zusammen beim Versuch, den Code zu knacken. „Tut mir leid, aber in Mathe bin ich eine echte Niete …", murmelte er konzentriert. „Probier's mal mit 488", schlug Mara vor. Max sah sie nur einen winzigen Augenblick überrascht an, bevor er die Rädchen des Zahlenschlosses auf die passende Position brachte. „Ich bin zwar auch kein Genie, aber wenn man ein kleines Unternehmen gründet, muss man wohl oder übel mit vielen Zahlen umgehen", erklärte sie, während sie Max gespannt über die Schulter sah. „Das Schloss geht auf!", verkündete er aufgeregt und riss die Tür mit Schwung auf.

Auf dem Boden lag ein zusammengekrümmtes Bündel. Max blieb für einen Augenblick die Luft weg und die Bilder von Arthurs Leiche, die nur wenige Meter entfernt noch immer unangetastet im Büro lag, fluteten seinen Kopf. Doch dann bewegte sich das Bündel und gab erneut die erstickten Laute von sich.

Max begriff, dass Charlene gefesselt und geknebelt war. Er rannte zu ihr und versuchte, das breite Klebeband zu entfernen, mit dem ihre Hände hinter dem Rücken zusammengehalten wurden. Auch die Füße waren fest zusammengebunden worden.

Währenddessen befreite Mara Charlene behutsam von einem Streifen des Klebebandes, mit dem der Anwältin auch der Mund zugeklebt worden war, woraufhin diese gierig die Luft einsog.

„Was ist passiert?", fragte Max, der immer noch mit dem Rest der Fesseln kämpfte.

„Ich weiß es nicht genau …", presste Charlene hervor. Sie unterdrückte ein Schluchzen, und Max bemerkte, dass sie eine blutige Wunde an der Stirn davongetragen hatte.

„Ich weiß nur noch, dass ich im Angestelltentrakt nach dem Becher suchen wollte. Dann ist da nichts mehr." Sie fasste sich an den Hinterkopf. „Jemand muss mich niedergeschlagen haben. Vermutlich habe ich dann das Bewusstsein verloren und bin nach vorne gekippt. Dabei habe ich mir wohl auch die Stirn aufgeschlagen."

Sie fasste sich an die Stirn und sog scharf die Luft ein, als sie die Wunde berührte, während Max nun auch die Fußfesseln gelöst hatte.

„Das heißt, du hast keine Ahnung, wer dich überfallen hat, oder warum?", fragte Mara und half Charlene behutsam auf die Füße.

„Leider nein, es könnte jeder gewesen sein." Sie stützte sich auf dem Sideboard ab.

Da fiel Max' Blick auf einen Zettel, der mit einem weiteren Stück Klebeband an dem Spiegel über dem Sideboard befestigt worden war.

Löst die Rätsel, aber wirbelt keinen Dreck auf!
Sonst wird das Gift euer geringstes Problem sein!
Neugier ist nicht nur der Katze Tod.

„Was soll das denn bedeuten?", fragte Max und riss den Zettel ab. „Warst du vielleicht einem Geheimnis auf der Spur, das nicht herauskommen soll?"

Charlene zuckte hilflos mit den Schultern. „Vielleicht hatte ich etwas gefunden, einen Beweis. Aber ich kann mich einfach nicht erinnern, da ist nur ein großes schwarzes Loch in meinem Gedächtnis."

„Lasst uns jetzt zu den anderen gehen, vielleicht sind Rio und Isabell schon weitergekommen", schlug Max vor.

„Und was ist mit Felix?", wollte Mara wissen. „Sollen wir ihn nicht auch suchen?"

Max zögerte, doch Charlene, die sich erholt hatte, ging aufrecht und entschieden zur Tür. „Wir haben keine Ahnung, ob er überhaupt noch auf dem Gelände ist oder ob er von Arthur instruiert wurde. Ich glaube, da haben wir wenig Chancen. Immerhin ist er vermutlich nicht von dem Gift betroffen, das uns in nicht allzu ferner Zukunft töten könnte."

Diesem Argument hatte Mara nichts entgegenzusetzen, und so

machten sie sich auf den Weg, um ihre kleine Schicksalsgemeinschaft wieder zu vereinen.

Auf dem Weg erzählte Max den beiden Frauen von der Nachricht im Wandteppich und der darin versteckten Botschaft.

„Ich weiß, wo wir hinmüssen", verkündete Charlene daraufhin und wies ihnen den Weg zu einer in einer Nische versteckten Tür. Sie war durch ein elektrisches Schloss gesichert und mit einem Werbeplakat dekoriert worden.

Davor standen bereits Isabell und Rio. Während Rio konzentriert mit dem Schloss zu kämpfen schien, stand Max' Cousine nur neben ihm und beobachtete ihn mit scharfem Blick. Ein Verhalten, das so gar nicht zu der Isabell passen wollte, die am liebsten alles selbst in die Hand nahm, anstatt auf die Fähigkeiten anderer zu vertrauen. Auch dass die beiden kein Wort miteinander wechselten, irritierte Max.

„Haben wir irgendetwas verpasst?", fragte er Isabell. Doch die wandte sich direkt Charlene zu und ließ sich von ihr im Detail berichten, was ihr widerfahren war. Nachdem sie geendet hatte, waren Isabells Augen vor Schreck geweitet. Und auch Rio hatte von dem Schloss der Kellertür abgelassen und Charlene ein Taschentuch für ihre Wunde angeboten. Charlene nahm es dankbar entgegen, bevor sie feststellte: „Es hilft alles nichts, wir müssen in diesen blöden Keller, aber die Tür ist mit einem Codewort gesichert."

„Onkel Arthur hätte uns nicht hierhergeschickt, wenn wir den Code nicht irgendwie knacken könnten ...", überlegte Max und sah sich das Schloss genauer an. Dann hatte er eine Idee. „Wenn ich jetzt nur ein funktionierendes Handy mit Internetzugang hätte ..."

WO FINDET MAN DAS CODEWORT HÄUFIGER?

1. **Auf dem Friedhof**
2. **Im Museum**
3. **In der Bäckerei**

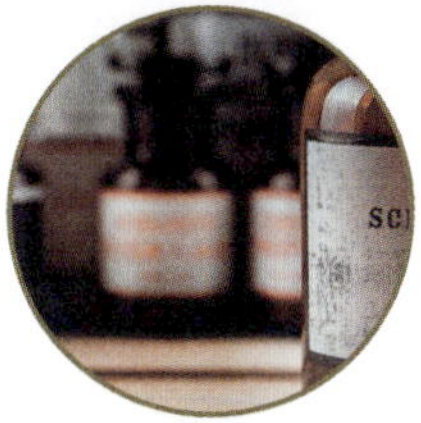

1

2

3

„Was soll das denn schon wieder bedeuten?", fragte Rio mit hochgezogener Augenbraue und steckte die Schlüssel ein.

„Ganz offensichtlich geht es bei der ganzen Sache doch um unsere Eltern. Aber das letzte Mal, dass sie sich alle gesehen haben, war bei dem Brand im Gästehaus des Chalets. Da war deine Mutter aber nicht dabei, soweit ich weiß ...", überlegte Max und starrte auf den Zettel. „Wirklich seltsam. Irgendwas passt da nicht zusammen." Rio nahm ihm mit einer schnellen Geste den Brief aus der Hand. „Und was soll eigentlich diese Formulierung ‚Auf den Punkt gebracht'?", lenkte er die Aufmerksamkeit auf das Rätsel innerhalb der Botschaft. „Meint AK damit, dass er seine Gedanken sehr gut formulieren konnte? Dann hat er sich aber echt gewaltig geschnitten." „Vermutlich ist das ein weiterer Hinweis, wo unsere Suche nach der Wahrheit weitergehen soll. Überprüfe doch mal alle Buchstaben, die sich direkt neben einem Punkt befinden." Rio tat wie geheißen. „KELLER! Du hattest recht!", stieß er überrascht aus. „Dann lass uns mal den drei Damen von unserem Erfolg berichten", sagte er mit einem breiten Grinsen und machte sich dann, gefolgt von Max, auf den Weg in die Küche.

Doch diese fanden die beiden völlig verlassen vor.

„Isabell? Mara?", rief Max in die Stille hinein. „Charlene? Wo seid ihr?" Doch niemand antwortete ihm. Max beschlich ein ungutes Gefühl. Da hörte er dumpf eine Frauenstimme. „Ich bin hier! Hier hinten, im Vorratsraum!", rief seine Cousine Isabell. „Ich hoffe, ihr seid erfolgreicher gewesen als ich", sagte sie. Sie stand in der riesigen, wohltemperierten Speisekammer, in der wertvolle Schinken von der Decke hingen und sich die Vorräte in Regalen stapelten, und sah Max erwartungsvoll an. „Wir haben tatsächlich die nächste Nachricht gefunden. Aber wo sind Mara und Charlene?", wollte Max von Isabell wissen. „Die Villa ist einfach zu groß, wir haben uns aufgeteilt, um in möglichst kurzer Zeit alle Räume hier unten überprüfen zu können. Sag mir nicht, ihr beiden habt die ganze Zeit Händchen gehalten!" „Immerhin haben wir den Becher gefunden!", mischte Rio sich ein und sah Isabell dabei vielsagend an. „Okay, dann lasst uns alle einmal im Speisesaal zusammenkommen, damit wir auf dem gleichen Stand sind", schlug Max vor. Es dauerte nur wenige Minuten, bis sie Mara in einer Art Teesalon fanden, doch von Charlene fehlte jede Spur.

„Seltsam ...", wunderte sich Mara, „warum antwortet sie nicht auf unsere Rufe?"

„Vielleicht hat sie sich einfach aus der Suche ausgeklinkt", schlug Isabell vor. „Immerhin ist es ja nicht ihr Erbe, um das es geht." „Aber ihr Leben!", warf Max ein, woraufhin Isabell unwillkürlich zusammenzuckte. „Du hast recht", stimmte sie ihm zu. „Und genau deswegen können wir nicht noch mehr kostbare Zeit vergeuden, um sie zu suchen. Wir müssen Arthurs Rätsel lösen, wenn wir hier nicht alle sterben wollen."

„Wie wäre es, wenn Max und ich weiter nach Charlene suchen und du und Rio der Rätselspur folgt?", schlug Mara vor.

Isabell überlegte, doch Max kam ihr zuvor. „Das klingt doch nach einem guten Plan. Los geht's!"

Mit leichtem Zögern willigte Isabell ein und ließ sich von Rio die Botschaft zeigen, die er und Max im Wandteppich gefunden hatten. Max folgte Mara in der Zwischenzeit zu einem weiteren Flügel des Herrenhauses, der die Unterkunft des Butlers und weiterer möglicher Angestellter zu sein schien. „Jetzt ist sie nach Felix schon die Zweite, die verschwunden ist", murmelte Max. „Das gefällt mir nicht ..."

„Da kann ich dir nur zustimmen", meinte Mara. „Und ich könnte die Nächste sein."

Max sah sie verwundert an. „Wieso denkst du das?" Mara erreichte eine gläserne Tür. „Es wäre der nächste logische Schritt. Schließlich wurden mit dem Butler und Charlene bisher alle aus dem Spiel genommen, die nicht zur Familie gehören." Max ließ diese Information kurz sacken, bevor er antwortete: „Du denkst, dass dem Butler etwas zugestoßen ist? Verdächtigst du etwa Isabell, Rio oder sogar mich?" „Sollte ich vielleicht, aber irgendwie glaube ich nicht, dass du mir hinterrücks ein Messer ins Herz rammen würdest. Bei deiner netten Cousine bin ich mir da nicht so sicher." Sie grinste schief.

Dann nahm ihre Miene einen ernsten Ausdruck an. „Hat deine Mutter mit dir eigentlich nie über den Brand gesprochen? Ich meine, in dem Brief von ihr, den wir gefunden haben, wird deutlich, wie sehr sie darunter gelitten haben muss." Max zuckte mit den Achseln. „Ich vermute, genau das ist der Grund, warum sie es totgeschwiegen hat. Und ich bin mir nicht sicher, ob ich deshalb Mitleid mit ihr habe oder wütend bin, dass sie mir nie die Wahrheit erzählt hat."

„Das kann ich nachvollziehen", sagte Mara, während sie einen Blick in ein verwaistes kleines Bedienstetenzimmer warf. „Am Ende geht es bei den von Kempendorffs immer darum, das Gesicht zu wahren." Sie sah ihn nun direkt an, und in diesem Moment fielen die Puzzleteile in seinem Gehirn auf den richtigen Platz. Er wusste jetzt, was ihn in dem Brief seiner Mutter irritiert hatte. „Dein Vater hat damals für die von Kempendorffs gearbeitet, oder? Meine Mutter hatte geschrieben, dass der Gärtner Wischowski hieß, genau wie du."

Mara seufzte. „Genau, es war seine erste Arbeitsstelle nach seiner Gefängnisstrafe." Max wurde hellhörig und Mara bemerkte seine großen Augen.

„Hast du etwa Angst vor der Tochter eines Schwerverbrechers?" Sie lachte und klopfte ihm auf die Schulter. „Keine Sorge, er saß im Knast, weil er gedealt hatte. Er war kein schlechter Mensch, er hatte einfach nur die falschen Freunde. Aber trotzdem war es für ihn schwierig, nach der Haft wieder einen Job zu finden. Deswegen war er damals sehr dankbar, als er als Gärtner für die von Kempendorffs und einige andere Familien in der Nachbarschaft arbeiten konnte."

Max überlegte, ob das der Grund war, wieso Mara zu dieser seltsamen Weihnachtsfeier eingeladen worden war, doch in diesem Augenblick hörten sie einen erstickten Laut hinter einer einfachen, aber trotzdem stabilen hölzernen Tür am Ende des Gangs.

„Charlene?", rief Mara alarmiert. „Bist du das?" Ein Poltern war die Antwort. Max rüttelte an der Tür, doch die ließ sich nicht öffnen.

Er betrachtete das Schloss. „Wir müssen die Tür aufbekommen, und zwar schnell! Hat nicht Felix erwähnt, dass sein Chef sich wegen seiner Vergesslichkeit gerne Merkhilfen für die Schlösser hinterlegte?" Mit dem Finger deutete er auf einen Zettel, der am Türrahmen klebte.

WELCHER CODE ÖFFNET DIE TÜR?

---

1. 488
2. 364
3. 102

1

2

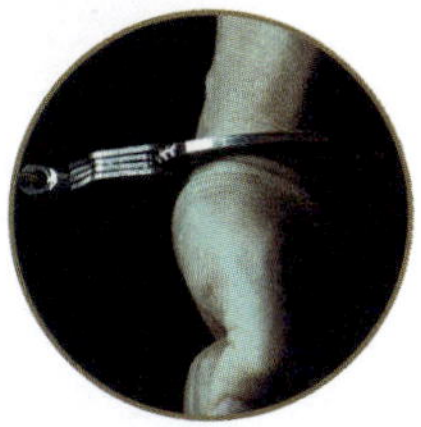
3

Pure Neugier siegte schnell über höfliche Zurückhaltung. Max bemerkte, dass zwischen den Buchstaben nicht nur die Zahlen 1487 versteckt waren, sondern auch in jedem der Großbuchstaben ein Pfeil. Er drehte deshalb das erste Rädchen um eine Stelle nach oben und landete so bei Z, das zweite um vier Stellen nach unten zum E und schließlich stellte er noch ein I und ein T ein. „ZEIT", murmelte Max, während er vorsichtig die Türklinke herunterdrückte.

Sie gab tatsächlich nach und gab den Blick nach vorne frei auf einen langen Flur, in dessen Mitte ein teurer Perserteppich verlief. Auf den Anrichten an den Seiten standen antike Vasen und kunstvolle Skulpturen. Max fand, dass es ein wenig muffig roch, wie in einer Bibliothek oder einem Museum. Vorsichtig überschritt er die Türschwelle, in dem plötzlichen Gefühl, einen verbotenen Bereich zu betreten. Er ließ die Tür offen stehen, um keine unnötigen Geräusche zu verursachen. Auf jeder Seite des Flurs zweigten drei Türen ab, doch die Räume dahinter blieben für ihn verborgen, denn alle Durchgänge waren geschlossen. Vom hintersten Abschnitt des Gangs konnte er gedämpfte Geräusche hören, denen er sich nun näherte. Der Teppich schluckte seine Schritte, als Max auf die letzte der drei Türen auf der rechten Seite zuging. Tatsächlich konnte er Stimmen vernehmen, die jedoch zu leise waren, um zu verstehen, wovon sie sprachen. Max legte vorsichtig sein Ohr an die dicke Holztür und lauschte.

„Genug!", hörte er Arthurs aufgebrachten Bass. Er schien sich mit einer weiteren Person zu streiten, die ihre Stimme jedoch so weit gesenkt hielt, dass Max sie kaum wahrnahm. Er hätte nicht einmal sagen können, ob es sich um einen Mann oder eine Frau handelte.

„Es ist nun mal an der Zeit!", polterte Arthur nun. „Ich darf die Vergangenheit nicht länger zum Schweigen verdammen." Das Gegenüber schien etwas zu entgegnen. Doch Arthur gab nicht nach. „Und was willst du tun, wenn es passiert? Zur Waffe greifen?"

Max schluckte unwillkürlich. Die mysteriöse Gestalt hinter dieser Tür schien es ernst zu meinen. Und er wollte auf keinen Fall in irgendeine Schusslinie geraten. Trotzdem konnte er jetzt nicht sofort den Rückzug antreten. Wenn er nur noch ein wenig mehr des Gesprächs belauschen konnte, würde er vielleicht verstehen, was hier vor sich ging.

Gerade als er versuchen wollte, sich in eine bessere Lauschposition zu bringen, fühlte Max, wie sich ihm die Nackenhärchen aufstellten.

WAS LÖST IN MAX DIESEN ANFLUG VON PANIK AUS?

1. **Er hat sich an etwas erinnert.**
2. **Er hat etwas gehört.**
3. **Er hat etwas gesehen.**

1

2

3

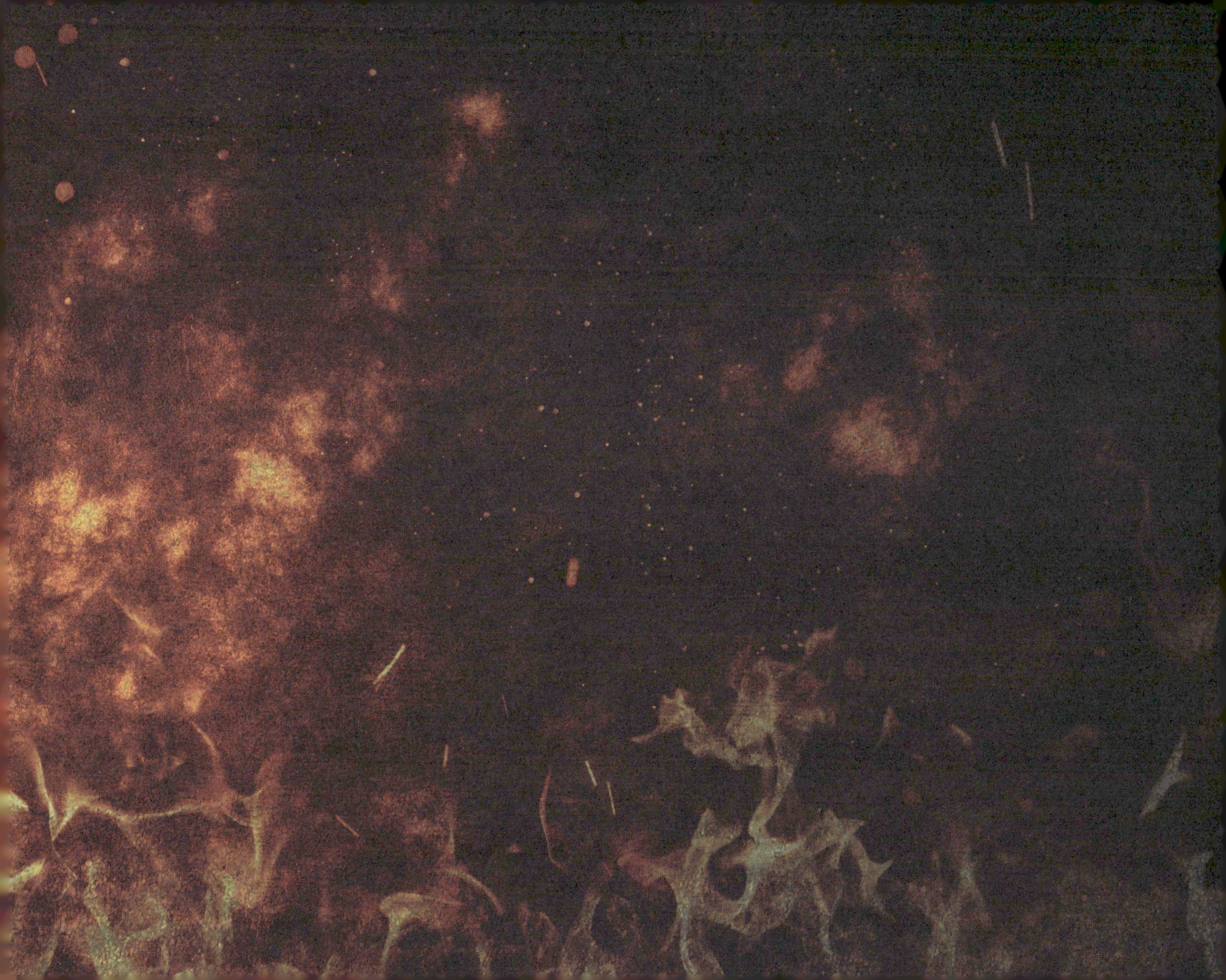

Noch bevor Max widersprechen konnte, hatte Isabell sich schon an der Schmuckschatulle zu schaffen gemacht. Auch Charlene war von ihrem Sitzplatz aufgestanden und ihr gefolgt. „Kennst du etwa schon die Lösung?“, fragte Max ungläubig. „170“, sagte seine Cousine mit aufgeregter Stimme, während sie die kleinen Rädchen drehte. „Man muss nur die Augen, die in die gleiche Richtung schauen, miteinander verbinden, dann ergeben sich drei Zahlen.“ Sie zuckte mit den Schultern. „Für solche verborgenen Muster habe ich schon immer ein Auge gehabt.“

Sie öffnete das silberne Kästchen und nahm etwas heraus. Doch selbst von hinten konnte Max erkennen, dass ihre zierliche Figur ein kleines Stück in sich zusammensank. „Kein Gegengift, keine Diamanten und noch nicht mal ein großes Geständnis“, sagte sie enttäuscht.

„Zeig mal her“, bat Max sie und betrachtete den Zettel, der offensichtlich die Kopie eines Briefes war, den Arthur verfasst hatte.

Sehr geehrter Herr Sonnleitner,

ich habe aus gut unterrichteten Quellen erfahren, dass Sie einen Artikel über den Brand in unserem Chalet planen. Sie werden verstehen, dass eine solche Berichterstattung ein ungutes Licht auf die Familie und damit auch auf meine Firma werfen würde.
Ich empfehle Ihnen deshalb, auf weitere Recherchen zu verzichten. Sollten Sie dennoch über diesen Vorfall berichten, könnte das für Sie unangenehme Konsequenzen haben.
Sie erinnern sich bestimmt noch an die großzügigen Überweisungen, die ein bekannter Herr aus der Politik Ihnen zukommen ließ. Ich vermute, er wollte sich auf diese Weise für Ihren „unvoreingenommenen“ Journalismus bedanken.
Ich bin sicher, Sie begreifen die Tragweite Ihrer Entscheidung.
Mit besten Grüßen
Arthur v. Kempendorff

„Das verstehe ich nicht“, murmelte Max. „Es scheint so, als ob Onkel Arthur die Wahrheit über den Brand im Chalet unter allen Umständen vertuschen wollte. Wieso ist es ihm dann jetzt so wichtig, dass sie ans Licht kommt?“ Wie er es auch drehte und wendete, die Puzzleteile schienen nicht zusammenzupassen. Max schüttelte den Kopf. „Ich werde jetzt mit Mara und Rio sprechen. Wir haben nur eine Chance, wenn wir diesen Wahnsinn überleben wollen: Wir müssen alle ehrlich sein.“

Ohne weiter auf Isabell oder Charlene zu achten, ging er zur Tür und riss sie auf. Doch statt Mara und Rio erwartete ihn nur der verlassene, niederdrückend wirkende Gang.

Max sah sich unschlüssig um und machte sich dann auf den Weg zu den Räumen, die sich im vorderen Bereich des Kellers befanden. „Wo sind sie?“, hörte er Isabell hinter sich. Auch sie war mittlerweile auf den Gang getreten und eilte Max hinterher. „Ich habe keine Ahnung“, murmelte Max, während er eine Tür nach der anderen öffnete und die Zimmer überprüfte.

„Meinst du, sie hat sich mit Rio aus dem Staub gemacht und überlässt uns jetzt unserem Schicksal?“, mutmaßte Isabell. „Inzwischen ist ihr wohl klar geworden, dass es kein Erbe oder andere Reichtümer für sie zu holen gibt. Vielleicht hat sie oder dieses Schlitzohr Rio eine Möglichkeit gefunden, diese Horrorvilla zu verlassen. Vermutlich sind sie gerade auf dem Weg in ein Krankenhaus und hoffen, dass wir, die restlichen Mitwisser, von Arthurs Gift dahingerafft werden.“ Max lehnte sich entmutigt und ratlos an die kalte, weiß getünchte Kellerwand. „Ich weiß überhaupt nicht mehr, was ich glauben soll. Wäre ich doch bloß nie zu diesem Familientreffen gekommen. Ich hätte wissen müssen, dass ein von Kempendorff keine Einladung ohne Hintergedanken ausspricht.“ Isabell verzog missbilligend das Gesicht, dann drehte sie sich auf der eigenen Achse um und fragte: „Wo ist eigentlich Charlene? Ist sie noch in der Schatzkammer?“ Gemeinsam gingen sie zurück, um nachzusehen.

Als Max die Tür öffnete, entdeckte er Charlene an der Rückseite des Kellergewölbes vor dem Tresor.

Sie wirbelte überrascht herum, beinahe so, als ob sie Angst vor einem weiteren Angriff von hinten hätte, hatte sich aber schnell wieder gefasst.

„Ich dachte, ich versuche mal, den Tresor zu öffnen. Schließlich haben wir noch immer nicht das Gegengift gefunden."

Max ging zu ihr, Isabell dicht auf den Fersen. Erst jetzt bemerkte er, dass der Tresor kein einfaches Drehschloss hatte, wie man es kannte, sondern auch noch über drei Schlüssellöcher verfügte.

„Wie willst du *den* denn aufschließen?", fragte er Charlene, die daraufhin aus ihrer Hosentasche einen Schlüsselbund mit drei dicken, mehren kleineren Schlüsseln und einem Anhänger hervorzog. „Den hat Arthur mir mal anvertraut, für Notfälle. Aber ich habe keine Ahnung, wie wir den verflixten Kasten aufbekommen ..."

WELCHEN CODE MÜSSEN SIE EINSTELLEN?

1 739 2 11 3 4

1

2

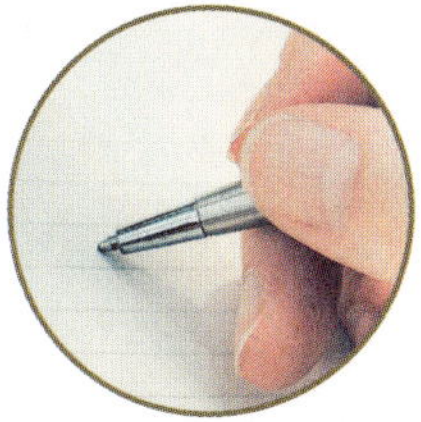

3

Als niemand antwortete erklärte Isabell: "Es gibt immer genau drei Pralinen mit der gleichen Form, drei mit der gleichen Farbe und drei mit der gleichen Verzierung. Nur die erste in der dritten Reihe von oben zeigt jedes Merkmal ein viertes Mal."Sie zuckte mit den Schultern. „Ich habe ein Faible für Muster und Symmetrien. Liegt vielleicht an meinem Job.“ Sie steckte sich die Praline in den Mund, und als sie sie mit geschlossenen Augen genossen hatte, wandte sie sich erneut an Mara. „Ich würde einfach zu gern wissen, warum Arthur dich eingeladen hat.“

Mara zuckte mit den Schultern. „Ich habe keinen blassen Schimmer und mich gefragt, ob ich überhaupt kommen soll. Aber wisst ihr, ich habe vor einem Jahr mein eigenes Business gegründet: „Der kleine Horrorladen“. Ich verkaufe fleischfressende Pflanzen über das Netz. Es läuft nicht schlecht, aber ich dachte mir, wenn ich Herrn von Kempendorff als Investor gewinnen würde, könnte ich das ganze Ding richtig groß aufziehen!“ Ihre graublauen Augen leuchteten vor Begeisterung.

„Also, ich kann mir nicht vorstellen, dass Onkel Arthur für so etwas Geld in die Hand nimmt“, meinte Isabell und sah dann ungeduldig auf die Uhr. „Felix?“, rief sie nach dem Butler, der in weniger als zehn Sekunden scheinbar aus dem Nichts in der Diele auftauchte. „Sie wünschen?“ „Wo ist denn Herr von Kempendorff? Ich halte es doch für ein wenig unhöflich, dass er seine Gäste gar nicht willkommen heißen möchte.“

Der Butler hob bedauernd die Hände. „Es tut mir sehr leid, die Dame. Vielleicht fühlt sich der gnädige Herr im Augenblick nicht wohl. Seine Gesundheit macht ihm in letzter Zeit sehr zu schaffen.“

„Ich könnte ihn untersuchen“, bot Isabell an. „Schließlich bin ich Ärztin.“ Schönheitschirurgin, ergänzte Max in Gedanken und war sich dabei sicher, dass Arthur eine der Botox-Behandlungen oder Fettabsaugungen kaum weiterhelfen würde, mit denen Isabell und ihr Vater sehr viel Geld verdient hatten.

Doch noch bevor Felix etwas erwidern konnte, öffnete sich die Tür der Empore im ersten Stock und ein älterer Mann im Rollstuhl fuhr an die Balustrade. Max hatte beinahe vergessen, dass Arthur seit einem Unfall vor vielen Jahren an den Rollstuhl gefesselt war. Auf den Bildern, die er von ihm im Internet gesehen hatte, war immer der junge Arthur gezeigt worden. Ein gebräunter Sunnyboy in Smoking, der bei jeder Party dabei gewesen war und dabei auch gerne selbst zu Gitarre und Mikrofon gegriffen hatte, um die Damen zu beeindrucken. Jetzt sah Arthur von Kempendorff zu ihnen herab. Er trug ein hellblaues Hemd mit eingesticktem Monogramm und auffälligen Manschettenknöpfen. Dazu eine dunkelblaue, edel wirkende Stoffhose. Max bemerkte einen Schlüsselanhänger, der aus Arthurs Hosentasche heraushing. Der blaue Plastikhase hätte eher zu einem Kind oder Jugendlichen gepasst und fiel Max deshalb sofort ins Auge, obwohl die Tasche durch Arthurs sitzende Haltung beinahe vollkommen verdeckt war. Das blonde Haar des Schokoladen-Moguls war lange nicht mehr so füllig, wie Max es von alten Boulevardblatt-Fotos kannte, doch seine Augen hatten einen eindringlichen Blick, dem Max sich nicht entziehen konnte.

„Seid willkommen!“, hob der Multimillionär in feierlichem Ton an. Er ließ seinen Blick über die kleine Gruppe streifen, blieb kurz an Rio hängen, bevor er fortfuhr: „Ich freue mich, dass ihr alle den Weg hierher gefunden habt. Ich habe so viel erlebt und einiges hat sich tief in meine Seele gebrannt. Nun ist es an der Zeit, sich auf das zu besinnen, was wirklich wichtig ist. Ich verspreche euch, dies wird ein ganz besonderes Weihnachtsfest werden. Dieser Abend wird für alle unvergesslich bleiben. Aber genug der vielen Worte, ihr müsst nach eurer Reise hungrig sein. Felix wird euch nun eure Zimmer zeigen und dann solltet ihr euch um zwölf Uhr im großen Speisesaal einfinden.“ Er machte eine kurze Pause, als würde er noch überlegen, ob er noch etwas ergänzen sollte. Doch nach einem letzten Blick auf die Gruppe drehte er den Rollstuhl um und verschwand wieder in seinen Gemächern.

„Das nenn ich mal 'nen coolen Auftritt“, stellte Mara fest. „Schon, aber irgendwie auch seltsam. Fühlte sich beinahe wie eine Audienz bei einem Staatsoberhaupt an“, murmelte Max genervt. Dieses ganze Gehabe passte zu allem, was er bisher mit seiner Familie erlebt, oder besser gesagt, über sie gehört hatte. Er überlegte kurz, ob er nicht einfach seinen Rucksack nehmen und abhauen sollte.

„Ich frage mich, warum er uns eingeladen hat“, überlegte Isabell laut. „Wo er doch seit beinahe 20 Jahren mit niemandem aus der Familie gesprochen hat.“ „Das werden wir vermutlich bald rausfinden“, meinte Rio und grinste verschmitzt. „Vielleicht geht es um sein Erbe?“

Max beobachtete, wie sich Isabells Augen bei dem letzten Wort verengten. Er war sich sicher, dass sie, wie alle anderen auch, bereits im Vorfeld über diese Option nachgedacht hatte.

Ihm selbst war das alles zuwider. Er würde kein Geld von seinem reichen Onkel annehmen, vor allem nicht, wenn er dafür familiäre Zuneigung vortäuschen musste. Das Zimmer in seiner gemütlichen Männer-WG konnte er sich auch vom schmalen Gehalt eines Sozialarbeiters leisten, und auch seine Mutter musste sich dank dem Vermögen ihres Ehemanns nicht in ihrem luxuriösen Lebensstil einschränken. Ob mit oder ohne Millionenerbe.

Aber vielleicht gab es ja doch einen ganz anderen Grund für Arthurs Einladung. Max war zu neugierig, um jetzt zu gehen, und so ließ er sich wie die anderen auch von Felix zu seinem Zimmer führen.

Das Gästezimmer war genauso prunkvoll eingerichtet wie der Rest des Herrenhauses. In der Mitte des Raums prangte ein großes Himmelbett mit blütenweißer Bettwäsche.

Max zog seine Turnschuhe aus, ließ seinen Rucksack neben dem großen Kleiderschrank zu Boden gleiten und fiel dann rücklings in die weichen Kissen.

Er blieb einige Minuten so liegen, bevor er sich seufzend daran machte, den Inhalt seiner Tasche in den Schrank zu räumen.

Wie in einigen Hotelzimmern gab es auch in diesem einen kleinen Safe für die persönlichen Wertgegenstände. Doch als Max genauer hinsah, entdeckte er auf dem Tresor einen Briefumschlag. Überrascht nahm er ihn in die Hand und öffnete ihn.

WAS STEHT IN DER NACHRICHT?

1. **Eine Aufforderung**
2. **Ein Geheimnis**
3. **Ein Ort**

1 2 3

Isabell versteifte sich auf ihrem Stuhl. Max vermutete, dass von ihr keine Hilfe bei diesem Rätsel zu erwarten war, doch da setzte Mara bereits zur Lösung an: „Nach einem Herzstillstand verläuft die Linie des EKGs ja auf dem Nullpunkt. Wenn wir diese Linie hier in Gedanken einzeichnen, vervollständigt der Querstrich die seltsamen Symbole zu Buchstaben: LETAL. Wenn mich nicht alles täuscht, ist das der medizinische Fachausdruck für ‚tödlich'."

Alle Blicke richteten sich auf Isabell. Die seufzte nur resigniert und begann dann an einem ihrer goldenen Ringe herumzunesteln.

„Nun komm schon", forderte Rio sie auf. „Wenn du uns das Geheimnis deines Vaters nicht beichtest, wird Charlene diese Prüfung vielleicht als ‚nicht bestanden' vermerken und wir gehen am Ende alle leer aus. Ist es das, was du möchtest?" Isabell würdigte ihn keines Blickes und beschäftigte sich weiter mit ihrem Schmuck.

In diesem Moment schaltete sich plötzlich wie von Geisterhand der Monitor wieder ein. Arthur von Kempendorff erschien erneut und verkündete mit einem verschmitzten Grinsen: „Ja, Geheimnisse können wehtun, sie können aber auch ernsthaft verletzen. Im Sinne der Motivation habe ich mir übrigens erlaubt, Felix in der Küche etwas zur Hand zu gehen. Ohne sein Wissen habe ich dem Risotto noch eine zusätzliche Zutat beigemengt. Den Geschmack hat sie zwar nicht verändert, aber dafür hat sie eine andere Wirkung ... eine, nun ja ... letale, die sich aber erst nach etwa zwölf Stunden entfalten wird. Keine Angst: Mein Weihnachtsgeschenk an euch ist das Gegengift! Meine kleine Bedingung: Ihr werdet es erhalten, sobald ihr ausnahmslos alle Rätsel gelöst und alle dunklen Geheimnisse gelüftet habt."

Es war, als ob eine Bombe mitten im Raum explodiert wäre. Und sofort spürte Max ein seltsames Rumoren in seinem Magen. Charlene griff sich unwillkürlich an den flachen Bauch, und auch die anderen wirkten, als ob sie plötzlich seekrank wären. Nur Isabell reagierte sofort. Sie sprang auf, rief nach Felix und rannte in Richtung Küche. Max und die anderen folgten ihr. „Hast du das gehört, Felix?", rief sie mit aufsteigender Hysterie in der Stimme. „Arthur will uns umbringen! Du führst uns jetzt sofort zu ihm!" Der Butler sah sie verwirrt an, sodass Charlene, die immerhin noch eine mühsam beherrschte Ruhe an den Tag legte, einsprang und ihm in knappen Worten von der Videobotschaft und dem Gift berichtete. Dem Butler wich alle Farbe aus dem Gesicht.

Ohne ein weiteres Wort verließ er die Küche und steuerte auf den Trakt mit den Privatgemächern zu. Isabell und die anderen folgten ihm hektisch bis zu der Tür, die mit dem Buchstabenschloss gesichert war, mit dem Max schon Bekanntschaft gemacht hatte. Kurz überlegte er, ob er preisgeben sollte, dass er den Code kannte, doch Felix kam ihm zuvor. „Herr von Kempendorff legt großen Wert auf Sicherheit. Doch sein Gedächtnis lässt langsam nach, deswegen hat er oft Hinweise an sich selbst hinterlassen, wie hier in diesem Gemälde." Er deutete auf die Kalligrafie und stellte dann das Wort ZEIT ein, um die Tür zu öffnen.

Gemeinsam betrat die kleine Gruppe den Flur, und Max bemerkte mit Grauen, dass unter dem Rahmen der Tür, hinter der er vorher noch das Gespräch belauscht hatte, ein dünnes rotes Rinnsal hervorquoll. Ihm stockte der Atem. „Onkel Arthur?", rief er alarmiert. „Bist du da drin? Geht es dir gut?" Doch ihm antwortete nur unheilvolle Stille.

„Wir müssen die Tür sofort öffnen!", schrie er und versuchte vergebens, seine Forderung in die Tat umzusetzen. „Mist! Sie ist verschlossen! Hast du den passenden Schlüssel?", rief er, an Felix gewandt.

„Leider nein, aber ich weiß, dass Herr von Kempendorff immer ein paar Ersatzschlüssel für die Räume hier oben aufbewahrt hat. Ich werde sofort nachsehen, ob ich den Schlüssel finde." Mit eiligen Schritten ließ der Butler den entsetzten Rest vor der Türe stehen. Weder Max noch die anderen konnten sich von dem grausamen Anblick der Blutlache lösen. Fast so, als ob sie vor der Tür Wache halten müssten, damit das Böse dahinter sie nicht plötzlich anfiel.

Es dauerte nur wenige Minuten, bis Felix mit einer Handvoll Schlüssel wiederkam, doch die kurze Zeit war Max wie Stunden erschienen.

„Ich hoffe, es ist ein passendes Exemplar dabei“, sagte Felix, der offenbar trotz der bizarren Situation versuchte, einen höflichen Ton zu wahren.

Max sah auf die Schlüssel hinab und sein Mut sank. Auf den ersten Blick sah es nicht so aus, als ob einer davon ihnen die Tür öffnen würde.

WELCHER SCHLÜSSEL ÖFFNET DIE TÜR?

1. **Ein silberner Schlüssel**
2. **Ein goldener Schlüssel**
3. **Keiner der Schlüssel**

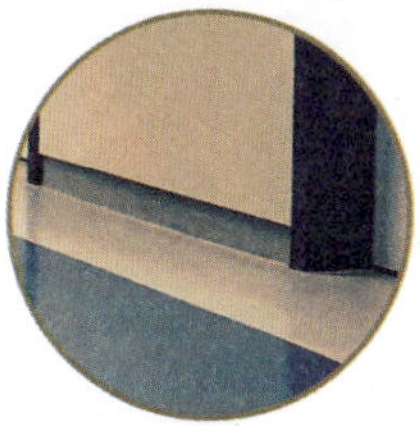

1

2

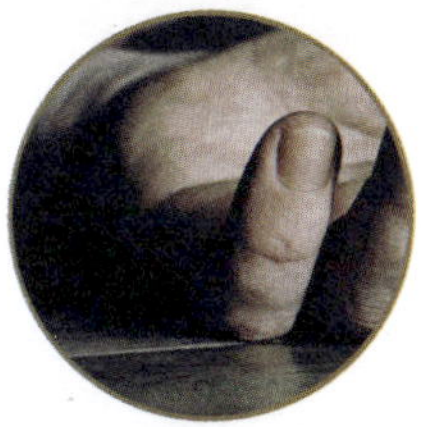

3

Max starrte auf den schwarzen Monitor, unwillkürlich fiel sein Blick dabei auf die anderen Gemälde an der Wand. Und da erkannte Max es: Die Waffen deuteten alle auf ein Bild in der Mitte der oberen Reihe. Dieses Gemälde zeigte eindeutig eine Uhr. Sie sah der großen Standuhr in der Ecke des Raums erstaunlich ähnlich.

Max stand auf und öffnete die hölzerne Tür, die die Pendel schützte. Tatsächlich war an der Rückseite des Holzrahmens mit einem Klebestreifen ein zusammengerolltes Stück Papier befestigt worden.

Mara, die ihn beobachtet hatte, trat neben ihn und schaute ihm über die Schulter. „Das ist bestimmt von Arthur von Kempendorff!", rief sie, und sofort waren auch Rio, Isabell und Charlene aufgesprungen, um einen Blick auf den Brief zu erhaschen.

„Die dunkelsten Geheimnisse sind die, die tief in der Familie begraben werden", las Max vor. „Doch manche dieser Geheimnisse bleiben nicht tot. Ganz wie die Seelen der Verstorbenen steigen sie wieder aus ihren Gräbern und verfolgen uns in unseren Träumen."

„Was meint AK denn damit?", fragte Rio in die Runde. Max sah kurz zu Isabell hinüber. „Was weißt du über den Unfall, der Onkel Arthur vor über 20 Jahren in den Rollstuhl gebracht hat?" Sie erwiderte seinen Blick ungerührt. „Auch nicht viel mehr, als man in den Zeitungen lesen konnte. Das Gästehaus der Hütte in den Bergen, in der unsere Familie immer zusammen Weihnachten gefeiert hat, ist einem Feuer zum Opfer gefallen. Ein reines Ferienhaus, ansonsten unbewohnt. Die meisten Gäste kamen rechtzeitig raus, nur Samuel, der Sohn von Onkel Matthias, hat es nicht geschafft. Arthur kam zwar mit dem Leben davon, wurde bei dem Unglück aber von einem brennenden Dachbalken begraben. Als die Feuerwehrleute ihn rauszogen, hatte er wie durch ein Wunder nur leichte Verbrennungen erlitten. Doch sein Rückenmark war verletzt und seine Beine gelähmt."

„Eine furchtbare Tragödie", schaltete sich nun mit betroffener Stimme auch Charlene ein. „Arthur war damals völlig am Boden zerstört."

„Ja, davon habe ich tatsächlich schon was in der Klatschpresse gelesen ..." erinnerte sich Rio. Isabell sah ihn missbilligend an. „Hey, irgendwie muss man sich ja mit der Familiengeschichte auseinandersetzen, wenn der eigene Vater einen nicht sehen will", verteidigte er sich.

Max überlegte: „Ich weiß, dass sowohl meine Mutter als auch dein Vater und Onkel Arthur anwesend waren. Meinst du, Arthur hat den Kontakt zu unseren Eltern abgebrochen, weil er sie für sein Schicksal verantwortlich gemacht hat?"

Isabell zuckte mit den Schultern. „Wir wissen doch gar nicht sicher, ob es hier wirklich um die Ereignisse in dieser Nacht geht. Ich meine, warum hätte er dann Rio und Mara eingeladen?"

Eine unbehagliche Stille legte sich über den Raum, während alle ihren Vermutungen nachhingen.

Max kam es vor, als ob sich alle gegenseitig beäugten, und er war sich beinahe sicher, dass einige der Anwesenden mehr wussten, als sie zugaben.

„Ich habe keine Lust auf Spielchen", stellte Isabell schließlich fest. „Felix?", rief sie in bestimmtem Ton, und der Butler erschien beinahe auf der Stelle. „Wie kann ich Ihnen helfen, gnädige Frau?" In ihrer Stimme war mühsam beherrschte Verärgerung zu hören: „Wir wollen sofort mit Arthur reden! Wenn er uns etwas zu sagen hat, soll er es bitte von Angesicht zu Angesicht machen. Ich habe Besseres zu tun, als einen Tag vor Heiligabend auf Rätselsuche zu gehen."

„Es tut mir leid", entgegnete Felix, „aber Herr von Kempendorff ist leider nicht zu sprechen."

Isabells Wangen verfärbten sich rot. „So eine bodenlose Frechheit ist mir ja noch nie passiert! Mir reicht es! Ich packe!" Wütend drehte sie sich auf dem Absatz um und verschwand durch die Tür.

„Also, ich glaube, ich muss erst mal eine rauchen", stellte Rio fest. „Sie können den Wintergarten dafür nutzen, gnädiger Herr", erklärte Felix. „Darf ich Ihnen den Weg zeigen?"

Und so blieben nur Max, Charlene und Mara im Speisesaal zurück.

„Wussten Sie von den Plänen meines Onkels?“, fragte Max Charlene. Sie klang nachdenklich: „Nein, er hat mir nichts davon erzählt. Er bat mich nur, am 23. Dezember bei einem wichtigen Treffen anwesend zu sein. Jetzt ist mir klar, dass er wollte, dass ich als Notarin alles überwache und danach die Übergabe des Erbes beglaubige.“

„Und Sie haben ohne Nachfrage zugesagt?“, fragte Mara skeptisch.

„Wissen Sie, ich konnte Arthur schon immer nur schwer etwas abschlagen.“ Ein feines Lächeln umspielte ihre Lippen. „Aber bei Ihnen ist das natürlich anders. Sie können jederzeit aufbrechen.“

„Ohne Auto und Handyempfang?“, meinte Mara. „Das könnte etwas kompliziert werden. Ich fürchte, es wird uns nichts anderes übrig bleiben, als die nächste Botschaft abzuwarten. Aber bis dahin können wir ja wenigstens den Nachtisch essen, den Felix bestimmt gleich serviert.“

50 Minuten und eine Mousse au Chocolat später warteten Max, Rio und Mara bereits gespannt auf einen weiteren Hinweis. In diesem Moment stürmte Isabell herein, machte eine theatralische Geste und schnappte: „Ich habe es mir anders überlegt, ich werde euch doch nicht den ganzen Spaß überlassen!“ „Und das ganze Erbe“, murmelte Rio grinsend.

Isabell war keine Sekunde zu früh aufgetaucht, denn da erschien auch schon Arthurs Antlitz auf dem Monitor: „Wo euer weiterer Weg hinführt, verrät euch der Inhalt der kleinen Holzkiste auf der Anrichte. Doch ihr werdet sie nur öffnen können, wenn ihr wisst, was auf dem medizinischen Gutachten stand, das meinen Bruder Lothar, Isabells Vater, in Schwierigkeiten hätte bringen können.“

Auf dem Monitor erschien ein seltsames Abbild, auf dem Max das unverwechselbare Muster eines EKGs erkennen konnte.

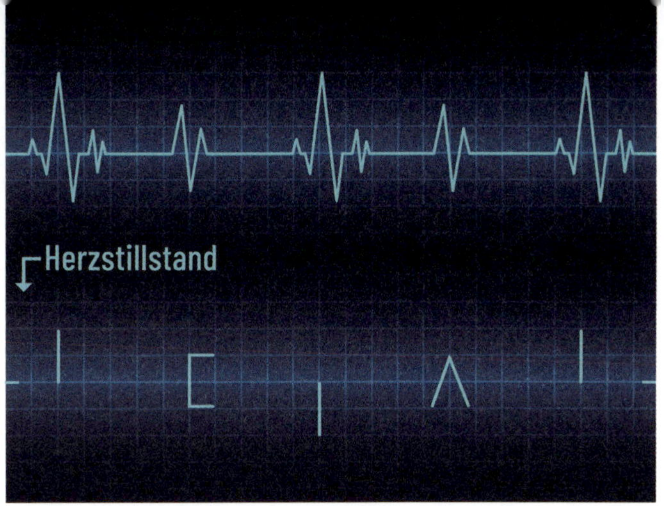

WELCHES WORT STAND IN DEM MEDIZINISCHEN GUTACHTEN?

1. **Fachbegriff für „tödlich“**
2. **Fachbegriff für „giftig“**
3. **Fachbegriff für „Lähmung“**

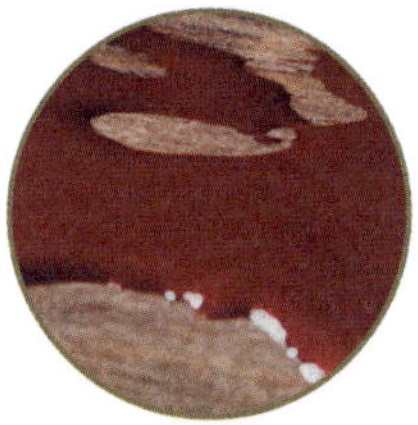

1

2

3

„Was ist denn los?“, rief Isabell ihm hinterher. „Der Schlüsselbund!“, brüllte Max, während er bereits die Stufen hochsprintete. „Ich hatte ihn bei Arthur aus der Hosentasche ragen sehen, als er uns von der Empore herab begrüßt hat. Als wir unseren Onkel dann tot auf dem Boden gefunden haben, war der Schlüsselbund aber verschwunden. Der Mörder muss ihn nach seiner Tat an sich genommen haben. Und dass Charlene ihn jetzt hatte, lässt nur einen Schluss zu …“ „*Sie* hat ihn umgebracht“, schlussfolgerte Isabell, doch Max hörte sie kaum noch, denn er hatte den Keller bereits verlassen.

Er rief nach Mara und auch nach Rio. Doch niemand antwortete ihm. Verzweifelt stürmte er in den großen Speisesaal, in dem das Drama noch vor wenigen Stunden seinen Anfang genommen hatte. Isabell war ihm mittlerweile ins Erdgeschoss gefolgt. Ihre Haare standen einigermaßen wild vom Kopf ab und ihr schickes Kleid war zerknittert. Sie sah plötzlich nicht mehr wie eine erfolgreiche Chefärztin aus, sondern wie ein scheues Reh, und Max erkannte, dass sie Angst hatte. „Bleib in meiner Nähe“, sagte er zu ihr, hielt jedoch nicht an.

Da glaubte er plötzlich ein Geräusch zu hören, eine Art Klopfen. Doch es war sehr leise und Max musste sich konzentrieren, um es nicht aus seiner Wahrnehmung zu verlieren.

„Wo kommt das her?“, murmelte er und bedeutete Isabell, leise zu sein. „Ich denke, die Quelle ist irgendwo oben“, flüsterte sie und sah sich furchtsam um. Dicht hintereinandergedrängt stiegen sie die Stufen in den ersten Stock hinauf, wo das Klopfen tatsächlich lauter zu vernehmen war. Isabell deutete stumm mit ihrem Finger über ihre Köpfe, und Max entdeckte eine Klappe in der hölzernen Decke. Der Dachboden, schoss es Max durch den Kopf. Es war vermutlich der einzige Ort in dem Herrenhaus, den sie noch nicht untersucht hatten. Das leise Poltern kam eindeutig von dort. „Komm, ich heb dich hoch, dann kannst du die Luke öffnen“, wisperte Max Isabell ins Ohr. Schließlich wusste er nicht, wer oder was sie da oben erwarten würde.

Isabell zögerte kurz, nickte dann aber. Sie stieg auf Max' Schultern, streckte die Hand nach dem kleinen Haken aus und zog daran. Die Luke gab nach und senkte sich ein Stück nach unten, sodass Max Isabell absetzen und selbst die Treppe ausklappen konnte.

Er stieg vorsichtig nach oben und spähte in die Dunkelheit. Da fiel ihm plötzlich ein großes Bündel entgegen. Max taumelte vor Schreck rückwärts. Doch er fing sich wieder, und als er den Geruch nach Kirschblüten wahrnahm, wurde ihm klar, dass es Mara war, deren Hände und Füße mit Klebeband gefesselt worden waren. Sie gab nur ein wütendes Schnaufen von sich, denn sie war mit einem Streifen Klebeband über dem Mund zum Schweigen gebracht worden. Neben ihr stand auch Rio, genauso gut verschnürt und verpackt, sowie eine weitere Person. Als Isabell ebenfalls oben ankam, erhellte das Licht ihres Handys, das sie zwischen den Zähnen trug, den Dachboden, und Max konnte in der dritten Person den Butler Felix erkennen. Max befreite alle von ihren Fesseln und fragte dann an Mara gewandt: „Das war Charlene, nicht wahr?“ Mara nickte. „Während ihr in der Schatzkammer über eure Familienpicknicks gesprochen habt, wollten Rio und ich nicht untätig rumstehen. Wir haben uns auf den Weg in den ersten Stock gemacht, und plötzlich haben wir ein Klopfen gehört. Es dauerte nicht lange, bis wir die Dachluke entdeckten. Doch gerade als wir nach oben steigen wollten, erschien plötzlich Charlene hinter uns. Vielleicht kam sie aus Arthurs Büro, jedenfalls hatte sie eine Pistole auf uns gerichtet. Sie hat uns gezwungen, auf den Dachboden zu steigen und uns dort gegenseitig mit Klebeband zu fesseln.“

„*Sie* war es, die Onkel Arthur ermordet hat“, stellte Max klar und richtete seine Aufmerksamkeit dann auf Rio. „Du bist niemals von Onkel Arthur eingeladen worden, nicht wahr? Deswegen gab es auch nie einen Hinweis, der mit dir oder deiner Mutter zu tun hatte.“ Rio hob abwehrend die Hände. „Hey, was soll ich sagen? Ich habe durch Zufall von diesem Familientreffen zu Weihnachten erfahren. Eine meiner Followerinnen arbeitet ab und zu als Haushaltshilfe bei

Arthur von Kempendorff, sie hat mir eine Nachricht geschrieben und mich gefragt, ob ich auch bei der Feier dabei sein würde und ob sie mich da vielleicht persönlich treffen könnte. Ich versprach ihr Freikarten und einen Drink mit mir bei meinem nächsten Konzert und bat sie, mir noch mal den genauen Treffpunkt und das Datum zu nennen, weil ich angeblich meine Einladung verloren hatte. Ich dachte, das wäre doch eine gute Gelegenheit, um mit AK noch mal über alles zu sprechen. Und als wir dann alle hier waren und ich mitbekam, dass es um sein Erbe geht, habe ich das Spiel natürlich mitgespielt. Ich habe mich nach unserer Ankunft direkt in den privaten Bereich von AK geschlichen, dachte, ich könnte mit ihm reden. Aber dann habe ich dich", er deutete auf Max, „an der Bürotür lauschen sehen, und da wusste ich, dass irgendetwas im Busch sein musste. Ich dachte mir, Rio, halt lieber mal die Füße still und schau, ob was für dich rumkommt. Aber wenn ich gewusst hätte, dass dieser kranke Typ uns vergiften wollte, wäre ich auf jeden Fall sofort abgehauen."

Max hatte keine Zeit, sich jetzt mit Rio auseinanderzusetzen. Stattdessen wandte er sich an Felix: „Und was ist Ihre Rolle bei der ganzen Sache?" Der Butler starrte auf den Boden. „Herr von Kempendorff hatte sich in der letzten Zeit sehr merkwürdig verhalten. Ständig hat er mich unnötige Besorgungen machen lassen, weil er allein im Haus sein wollte, um etwas vorzubereiten. Sie müssen wissen, seine Privatsphäre war ihm schon immer sehr wichtig. Zwischen 14 Uhr und 18 Uhr war es zum Beispiel keinem Bediensteten gestattet, sein Zimmer zu verlassen und sich in den anderen Räumen der Villa aufzuhalten. Aber diesmal war es anders. Er hat alle anderen Angestellten teilweise schon vor Wochen in Urlaub geschickt. Ich hatte kein gutes Gefühl bei der Sache, doch mir steht es nicht zu, die Handlungen meines Arbeitgebers infrage zu stellen. Deswegen hatte ich Ihnen allen eine Warnung in ihrem Zimmer hinterlassen, doch keiner von Ihnen hat darauf gehört." Max erinnerte sich an die Nachricht, die er neben dem Safe gefunden und die er als Drohung missverstanden hatte.

Felix fuhr fort: „Ich hatte aber keine Ahnung, dass er das Dinner, das ich persönlich serviert hatte, missbrauchen würde, um seinen Gästen etwas so Schreckliches anzutun. Deswegen habe ich auch alles darangesetzt, um Ihnen bei der Suche nach dem Gegengift zu helfen. Ich vermutete, dass die Lösung zu allem in den Kellerräumen versteckt sein könnte, und habe mich deswegen zu der Eingangstür mit dem Werbeplakat begeben, weil ich dachte, ich könnte vielleicht den Code knacken. Doch als ich dort eintraf, stand bereits Frau Widmann davor, einen Schlüsselbund in der Hand. Ich erkannte sofort den kleinen blauen Plastikhasen. Sie müssen wissen, dass Herr von Kempendorff diesen Schlüssel nie aus der Hand gab. Deswegen fragte ich sie geradeheraus, wo sie den Bund herhatte. Daraufhin zog sie eine Pistole aus ihrer Handtasche und zwang mich, über einen der versteckten Aufzüge nach oben zu fahren, auf den Dachboden zu steigen und mich von ihr fesseln zu lassen. Frau Widmann hat mir sehr deutlich zu verstehen gegeben, dass ich mich in den nächsten Stunden still verhalten sollte. Die Pistole war ein schwer zu widerlegendes Argument."

„Und was sollen wir jetzt tun? Wir müssen irgendwie raus aus der Villa und Hilfe suchen", jammerte Rio. Mara klopfte ihm aufmunternd auf den Rücken. „Wir haben noch ein Ass im Ärmel. Ohne das Gegengift braucht Charlene genauso dringend einen Arzt wie wir. Und sie war die Einzige, die mit Arthur wirklich vertraut war. Ich bin sicher, sie kannte einen Weg, um an den Code zu kommen, der das Sicherheitssystem des Herrenhauses abschaltet, damit sie verschwinden kann. Sonst hätte sie nicht so selbstsicher gewirkt. Und ich vermute, aus genau diesem Grund war sie im Büro, als sie eben auf uns traf. Wir müssen also auch noch mal an den Tatort und den Code suchen."

ÖFFNE GLEICH DIE NÄCHSTE SEITE! ➜

1 2 3
4 5 6
7 8 9
* 0 #

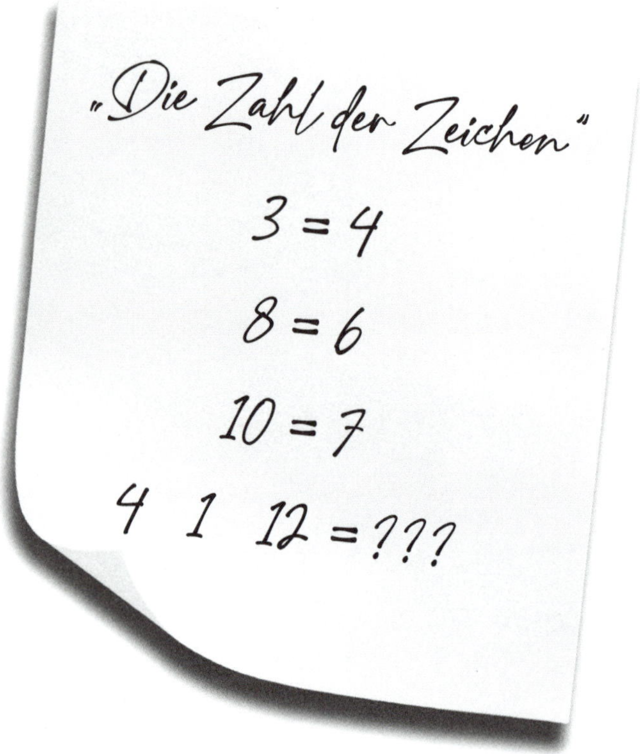

Felix trat einen vorsichtigen Schritt vor: „Es ist tatsächlich sehr gut möglich, dass der gnädige Herr den Code für das Sicherheitssystem irgendwo notiert hatte. Schließlich wird der von der Sicherheitsfirma alle vier Wochen automatisch geändert und Herr von Kempendorff ... nun ja, sein Gedächtnis war eben nicht mehr das jüngste." Er räusperte sich, offensichtlich peinlich berührt, weil er etwas Negatives über seinen Dienstherrn gesagt hatte.

Da sie sonst keine weitere Spur hatten und sich auch niemand mehr von der Gruppe entfernen wollte, gingen alle gemeinsam zu Arthurs Büro. Nachdem keiner Anstalten machte, die Tür zu öffnen, gab Max sich einen Ruck und trat ein. Die Szenerie war noch immer genauso erschreckend wie beim ersten Mal, und Max bemühte sich, nicht in Richtung des Leichnams zu schauen.

Sie untersuchten den Raum bis auf den letzten Millimeter, und schließlich war es Felix, der auf den Wandkalender deutete und sagte: „Ich glaube, hier ist, was wir suchen."

MIT WELCHEM CODE KÖNNEN SIE DAS SICHERHEITSSYSTEM DER VILLA ABSCHALTEN?

---

❶ 568 ❷ 264 ❸ 951

❶

❷

❸

Kempendorff
Schokolade
Januar
Februar
März
April
Mai
Juni
Juli
August
September
Oktober
November
Dezember

Isabell hatte Rio den Zettel aus den Händen genommen und schien jetzt etwas darauf abzuzählen. „Es sind 26 Stellen eingezeichnet. Ich vermute also, dass diese Markierungen für die 26 Buchstaben des Alphabets stehen. Der längste Pfeil würde dann auf das M zeigen, der zweitlängste auf das U und dann folgen S, I und K." Sie drehte sich zu dem Butler um. „Felix, gibt es in diesem Haus ein Musikzimmer?" „Sehr wohl, die Dame, ich werde Sie sofort dorthin geleiten", sagte der Butler, und Isabell hatte sich schon umgewandt, um ihm zu folgen, als Rio sie am Arm festhielt.

„Moment mal! Auch wenn du dieses Rätsel sehr scharfsinnig gelöst hast, kannst du damit nicht von der Geschichte über deinen Vater ablenken. Was hat es mit dem Wort ‚LETAL' auf sich?"

Mara ging ungeduldig dazwischen: „Haben wir dafür nicht später noch Zeit? Wir sind vergiftet worden! Ich will jetzt so schnell wie möglich das Gegenmittel!" Ihre Stimme war lauter geworden und Max konnte die Anspannung darin hören. Doch Rio winkte ab. „Jetzt macht euch mal nicht in die Hose. Ich will die Wahrheit hören, bevor wir dem nächsten Hinweis hinterherjagen. Wer weiß, vielleicht hattest du oder hatte Isabell ja einen guten Grund, den alten AK zu ermorden."

Isabell seufzte, dann zuckte sie resigniert mit den Schultern. „Na gut, wenn du es unbedingt wissen musst. Es ist schon lange her und längst verjährt. Mein Vater hatte eine völlig neue Behandlungsmethode eingesetzt, die er selbst entwickelt hat. Sie zeigte sensationelle Erfolge. Doch wer Besonderes erreichen will, muss eben auch Risiken eingehen." Sie schwieg, als ob damit alles gesagt sei, doch Rio ließ nicht locker. „Und diese Behandlung endete für einige Patienten letal, also tödlich?" Isabell verzog die Lippen. „Das kann man so nicht sagen. Ja, es verstarben drei seiner Patienten, und das stand auch auf dem finalen Gutachten. Doch es konnte nicht nachgewiesen werden, dass das infolge der neuen Technik geschehen war."

„Vielleicht hatte Onkel Arthur Beweise, die etwas anderes besagten", deutete Rio an. „Und wenn das herauskommen würde, wäre nicht nur der Ruf deines Vaters als Mediziner ruiniert, sondern vermutlich auch seine Praxis, die er dir übertragen hat. Vielleicht wolltest du verhindern, dass Arthur diese Beweise an die Öffentlichkeit bringt, und hast ihn deswegen umgebracht?"

Isabell starrte ihn kühl an. „Ich bin Ärztin", sagte sie. „Ich rette Leben und beende sie nicht. Immerhin habe ich einen ehrbaren Beruf erlernt und bin nicht so wie du von ein paar bunten Bildern und der Stimmung meiner Follower abhängig."

„Das bringt doch alles nichts", versuchte Mara die Gemüter zu beruhigen. „Wir sollten uns jetzt auf die Suche nach dem Gegengift machen, anstatt uns gegenseitig zu zerfleischen." Rio deutete mit Zeige- und Mittelfinger auf seine Augen und dann auf Isabell, schloss sich dann aber dem Trupp an, der nun zum Musikzimmer aufbrach.

„Wie hat Onkel Arthur eigentlich die Treppen überwunden?", wunderte sich Max, als sie die Stufen zum ersten Stock hinaufstiegen. Er sah sich nach Felix um, um ihn danach zu fragen, doch von dem Butler fehlte jede Spur. Dafür antwortete ihm Charlene, die mittlerweile die Führung übernommen hatte: „Er hat mehrere Aufzüge einbauen lassen." „Das klingt logisch, aber warum habe ich davon noch keinen gesehen?"

„Arthur wollte, dass die Villa nach einem normalen Herrenhaus aussieht, nicht nach der Bleibe eines Krüppels. Deshalb hat er die Aufzüge auch hinter versteckten Türen installieren lassen oder in den hinteren Bereichen des Gebäudes, sodass sie einem Besucher nicht sofort ins Auge fallen", erklärte Charlene.

„Klingt, als ob es für meinen Onkel ziemlich schwierig gewesen wäre, sich mit seiner Behinderung abzufinden", überlegte Max, woraufhin Charlene nickte. „Vor dem Unfall genoss er das Leben in vollen Zügen. Besuchte auch die entlegenste seiner Produktionsstätten selbst, traf sich mit Geschäftsleuten in der ganzen Welt und ließ keine Party aus. Sein Leben hatte sich mit einem Schlag verändert."

Max sah tiefes Bedauern in Charlenes feinen Zügen. „Du kanntest ihn sehr gut, oder?“, fragte er behutsam. Charlene seufzte leise. „Als ich damals den Job als Anwältin für seine Firma übernahm, habe ich mich Hals über Kopf in ihn verliebt. Er war wahnsinnig charismatisch und einem Flirt und auch mehr nicht abgeneigt. Arthur hat mir jedoch von Anfang an klar zu verstehen gegeben, dass er sich nicht binden wolle. Wir blieben auch später eng befreundet, und ich war eine der wenigen, die ihn in dieser Villa regelmäßig besuchen durften.“ „Es tut mir sehr leid, dass er …“ Max stockte und suchte nach den richtigen Worten. „Schon gut“, unterbrach Charlene ihn und richtete sich auf. „Dank ihm müssen wir alle jetzt um unser Leben fürchten. Lass uns also erst die Rätsel lösen, trauern können wir später.“

Sie waren mittlerweile am Musikzimmer angekommen, und zum Glück ließ sich die Tür ohne Weiteres öffnen. Dahinter erwartete sie ein kleiner Konzertsaal. An den Wänden hingen unzählige Gitarren und im Raum standen ein Klavier und ein Schlagzeug.

Rio grinste und Max konnte kaum glauben, wie gelassen Rio angesichts ihrer Situation blieb. „Im Herzen war AK wohl ein kleiner Rockstar. Endlich mal etwas, das ich von meinem berühmten Vater geerbt habe. Wusstet ihr, dass meine neue Single in zwei Wochen rauskommt?“

Max fiel ein, dass Rio sich auf den verschiedenen Plattformen nicht umsonst Raving Rio nannte. Er hatte als DJ in kleineren Clubs angefangen und seine enorme Präsenz auf TikTok und Instagram dazu genutzt, Musik zu veröffentlichen, bei der er mehr schlecht als recht den Gesang beisteuerte.

In diesem Moment bemerkte Max einen Zettel, der an der Innenseite der Tür befestigt worden war. Er war erleichtert, denn er vermutete, dass diese Nachricht ihnen verraten würde, wo ihre Suche weiterging.

EINES HABEN DIE WÖRTER GEMEINSAM. WELCHES INSTRUMENT SOLLTEN SIE SICH GENAUER ANSCHAUEN?

1. **Das Klavier**
2. **Eine Gitarre**
3. **Das Schlagzeug**

1

2

3

„Wie meinst du das?“, fragte Rio. „Also ich bin ja der Erste, der immer online ist, aber wofür willst du denn jetzt dein Handy?“ Max deutete auf die Schokoladenstücke oben auf dem Werbeplakat. „Sie sind unterschiedlich lang und in Gruppen aufgeteilt. Das erinnert mich stark an Morsezeichen. Aber leider habe ich keine Ahnung, für welche Buchstaben die Muster stehen könnten.“

„Morsezeichen?“, hakte Isabell ein und schob Rio und Max beiseite. Wobei sie Rio mit spitzen Fingern berührte, ganz so, als ob er schmutzig wäre oder an einer ansteckenden Krankheit leiden würde. „Ich musste jedes Jahr mit meinem Vater und seiner Segeljacht unterwegs sein. Richtig verrückt war er nach dem Ding. Natürlich hat er mich dabei nicht nur gezwungen, alle Seemannsknoten zu lernen, sondern auch das komplette Morsealphabet. Das muss Onkel Arthur gewusst haben.“

Sie sah auf die Schokoladenstücke, dann lächelte sie. Ein Gesichtsausdruck, der sie plötzlich zehn Jahre jünger erscheinen ließ. „Eins muss man Arthur lassen: Humor hatte er. Das Codewort ist SESAM.“ Rio tippte die Buchstaben in das elektronische Keypad ein, woraufhin es zweimal piepte und den Durchgang freigab.

„Mutige vor!“, forderte er die anderen auf, als hinter der Tür eine steile Treppe zum Vorschein kam. Max war sich plötzlich nicht mehr so sicher, ob es eine gute Idee war, unter die Erde zu steigen, wo sie noch mehr von der Außenwelt abgeschnitten sein würden als bisher. Wie bei einem alten Herrenhaus zu erwarten, knarzten die hölzernen Stiegen bei jedem Schritt. Doch unten schien alles renoviert worden zu sein und wirkte wesentlich moderner als der Rest der Villa. Als die Tür hinter ihnen zufiel, erschrak Max ob der plötzlichen Stille. Der unterirdische Raum schien jedes Geräusch zu verschlucken.

„Hier unten war selbst ich noch nie“, murmelte Charlene leise von hinten. „Er hat immer nur von seiner Schatzkammer gesprochen …“

Vor Max tastete sich Isabell als Erste die Treppe hinunter, und er nutzte die Gelegenheit, um ihr zuzuraunen: „Was ist zwischen dir und Rio passiert? Du behandelst ihn wie einen Aussätzigen …“ Isabell drehte sich wortlos zu ihm um und gab ihm mit einer Geste zu verstehen, dass er leise sein sollte. „Später!“, zischte sie, als sie gerade die unterste Stufe erreicht hatte.

Vor ihnen lag ein langer Gang. Max konnte sich nicht entscheiden, ob er ihn an ein Geheimlabor oder eher an ein Gefangenenlager erinnerte. Auf jeden Fall fühlte sich die niedrige Decke bedrückend an, und er war froh, als er Maras Anwesenheit dicht hinter sich spürte.

Von dem Gang gingen einige Türen ab, doch Max’ Blick wurde wie magisch von der hintersten Pforte angezogen. Sie war größer als die anderen, mit einem Schnitzmuster verziert und als einzige mit einem weiteren Schloss gesichert. Während die anderen noch die vorderen Kammern durchsuchten, die sich größtenteils als Lagerräume entpuppten, war er bereits an der großen Tür angekommen. Isabell war ihm als Einzige gefolgt und drängte sich jetzt so dicht neben ihn, dass Max in dem engen Gang unwillkürlich einen Schritt nach hinten machte. „Jetzt bleib doch hier!“, flüsterte Isabell und griff unauffällig in die Tasche ihres Kostüms. Sie beförderte ihr Handy hervor und zeigte Max darauf ein Foto. „Das habe ich vorhin zufällig entdeckt, als ich in einem der Zimmer nach dem Becher gesucht habe. Es lag auf einem Schreibtisch unter anderen Dokumenten verborgen.“

Max nahm das Handy und starrte auf das Bild eines Briefs.

„Rio ist nicht der leibliche Sohn von Onkel Arthur?“, stieß er zwischen den Zähnen leise hervor.

Isabell schüttelte den Kopf. „Er hat uns die ganze Zeit an der Nase herumgeführt. Wer weiß, wozu er noch fähig ist.“

„Das müssen wir den anderen sagen!“, flüsterte Max, während Isabell ihr Handy wieder einsteckte. „Aber wem können wir trauen?“, gab sie leise zurück. „Ich habe zum Beispiel auch noch etwas über unsere Pflanzenfreundin herausgefunden.“

Max wollte gerade nachfragen, worauf Isabell anspielte, doch sie stieß ihm energisch von der Seite in die Rippen. Als er sich daraufhin umdrehte, sah er Mara direkt in die Augen. Sie hatte ihre Suche im vorderen Bereich aufgegeben und war nun zu ihnen gestoßen, um ebenfalls die schwere Holztür in Augenschein zu nehmen.

„Hier hilft uns wohl nur der richtige Schlüssel weiter“, stellte sie fest. „Aber woher nehmen und nicht stehlen?“ „Wie wäre es denn hiermit?“, fragte Rio und kam gemeinsam mit Charlene zu ihnen. In der Hand hielt er die drei Schlüssel, die sie vorhin in der Notiz im Wandteppich gefunden hatten.

„Die hatte ich schon fast wieder vergessen!“, stöhnte Max und schlug sich an den Kopf. „Die Frage ist nur, welcher ist der richtige?“ „Das sollten wir besser vorher wissen“, schaltete sich nun Charlene ein. „Ich kenne diese Schlösser. Arthur hat sie öfter verbaut. Wenn man es mit dem falschen Code oder in diesem Fall mit dem falschen Schlüssel versucht, sperrt sich die Tür für 24 Stunden. Erst danach kann man es erneut probieren. Eine gute Sicherung vor Dieben, die haben in der Regel nicht so lange Zeit. Nur – wir leider auch nicht …“

WELCHER SCHLÜSSEL ÖFFNET DIE TÜR?

1 Schlüssel 1 **2** Schlüssel 2 **3** Schlüssel 3

1

2

3

„Seht mal!", rief Rio, der die Schlüssel noch immer in der Hand hielt. „Der Metallbeschlag vom Schloß hat eine Verzierung in der gleichen Form wie der Bart des ersten Schlüssels. Sie scheinen genau ineinanderzupassen!" Aufgeregt nahm er den Schlüssel mit der fein gezackten Treppenform und führte ihn ins Schloss ein. Max hielt den Atem an. Dann hörte er ein leises Klacken, als Rio den Schlüssel im Schloss drehte und die Tür sich öffnete.

Rio wollte gerade das Zimmer betreten, als Isabell ihn am Ellbogen packte und sich zwischen ihn und den Eingang schob.

„Moment mal", sagte sie bestimmt. „Wenn es sich hier wirklich um Arthurs Schatzkammer handelt, darf nur Familie rein." Rio sah sie überrascht an. „Was soll das? Ich bin zwar kein so schicker von Kempendorff wie ihr, aber trotzdem bin ich mit AK näher verwandt als ihr alle!" „Du lügst." Isabells Worte schnitten durch die Luft wie Rios japanisches Messer durch Fleisch. Er erstarrte und sah ihr in die Augen. „Wie meinst du das?", fragte er herausfordernd. „Es scheint mir eher, dass du etwas zu verbergen hast. Schließlich hast du uns noch immer nicht erzählt, welche Rolle dein Vater bei dem Brand im Gästehaus spielte." Isabell hielt ihm ihr Handy unter die Nase. „Lenk nicht ab. Hier steht es schwarz auf weiß. Du bist nicht der Sohn von Onkel Arthur. Deswegen hat er auch die Zahlungen eingestellt. Da hast du ihn vielleicht einfach abserviert." Rio wurde blass. Nervös knabberte er an einem seiner lackierten Fingernägel herum. Er holte Luft. „Ist ja schon gut. Du hast recht. Ich bin wohl nicht mit eurer ach so edlen Familie verwandt. Na und?"

Isabell bedachte ihn mit einem vernichtenden Blick. „Und genau deswegen hast du im privatesten Raum von Onkel Arthur nichts zu suchen." Rio trat wie ein geschlagener Hund den Rückzug an. Doch Isabell war noch nicht fertig. „Und du, liebste Mara, wirst auch hier draußen warten."

„Wieso das denn?", mischte Max sich ein. „Auch weil sie nicht zur Familie gehört?" „Nein", antwortete Isabell kühl. „Weil sie uns ebenfalls belogen hat."

„Jetzt mach keine große Sache daraus", versuchte Max die Wogen zu glätten. „Sie hat mir schon gebeichtet, dass ihr Vater damals im Chalet als Gärtner für unsere Familie gearbeitet hat."

Erneut zog Isabell ihr Handy hervor und öffnete ein Foto, das sie zuvor aufgenommen hatte. Es zeigte eine Überweisung an einen G. Wischowski über 50 000 Euro, datiert nur einen Tag vor dem Brand.

„Ziemlich gutes Gehalt für einen Gärtner", sagte sie an Mara gewandt. „Wo hast du das her?", fragte Mara atemlos. Isabell zuckte mit den Schultern. „Das steckte in einem großen Weinkelch. Fast so, als ob Arthur gewollt hätte, dass wir es bei unserer Bechersuche finden, oder?"

Max sah unschlüssig zwischen den beiden Frauen hin und her. Die Beweise sprachen eindeutig gegen Mara, trotzdem sagten ihm sein Bauch und seine Erfahrungen mit der eigenen Familie, dass man eher einer Fremden trauen sollte als einem von Kempendorff bei der Jagd nach einem Ziel.

Bevor er etwas sagen konnte, trat Charlene einen Schritt nach vorne und räusperte sich. „Ich muss Isabell leider zustimmen. Es geht nicht nur um das Gegengift, sondern auch um Arthurs Erbe. Deswegen sollten nur Isabell und Max die letzten Schritte dieser Reise antreten." „Ich hoffe, es sind auch wirklich die letzten Schritte", seufzte Isabell und drehte sich auf dem Absatz um, der mysteriösen Schatzkammer zu. Mara schenkte Isabell einen hochgestreckten Mittelfinger und rief ihr hinterher: „Wenn du merken solltest, dass du vielleicht doch nicht so schlau bist, wie du denkst, und unsere Hilfe brauchst, sag Bescheid. Ich habe keine Lust, wegen deines falschen Stolzes zu sterben."

Doch Isabell war längst eingetreten, und nachdem auch Max und Charlene ihr gefolgt waren, hatte Letztere die Tür hinter ihnen zugezogen.

Max staunte. Er hatte mit vielem gerechnet, doch der Anblick, der sich ihm hier bot, verschlug ihm den Atem. Der Raum war viel größer, als er gedacht hatte. Er musste sich nicht nur unter der Villa, sondern auch unter dem Garten des Anwesens erstrecken. Er hatte mehrere Bereiche und wirkte wie eine kleine Museumshalle.

In einer Ecke entdeckte Max ein paar alte Kessel und eine alte Conchiermaschine, mit der früher wohl einmal Schokolade gerührt worden war. Sie glänzte silbern und wirkte, als ob sie gerade erst jemand poliert hätte. An den Wänden hingen teilweise altmodische Werbeplakate für Kempendorff-Schokolade und nahmen einen mit in die Anfänge der Schokoladenfabrik vor über 100 Jahren. Flaggen, die mit ihren hölzernen Stielen in einem bronzenen Metallzylinder steckten, repräsentierten all die Länder, in denen Arthur die Schokolade mittlerweile vertrieb, und in einer großen goldenen Schale lagen unzählige kleine Schokotäfelchen in den verschiedensten Sorten. Mitten in dieser Schale thronte ein großer Schokoladenweihnachtsmann, der etwas in der Hand hielt. Als Max nähertrat, konnte er erkennen, dass es sich um ein zusammengerolltes Blatt Papier handelte.

WO FÜHRT SIE DIESE NACHRICHT HIN?

1. **Wieder aus dem Raum hinaus**
2. **Zur Conchiermaschine**
3. **Zu einer Flagge**

1

2

3

Es war einmal ein Mann, der lebte in Glück und Wohlstand. Doch er war nicht zufrieden mit dem, was er hatte, und so machte er sich auf den Weg, um etwas Neues auszuprobieren. Skrupellos und ohne Rücksicht auf andere Menschenleben folgte er dem Weg, der ihn zu noch mehr Reichtum bringen sollte, und lief dabei einige Zeit von Süden nach Norden. Dann bog er rechts ab und ging Richtung Osten weiter, allerdings nur noch die Hälfte der eben zurückgelegten Strecke. Er traf auf seinen Bruder, der behauptete, dass es Beweise dafür gäbe, dass er anderen Unrecht angetan hatte. Also beschloss er, diese Beweise zu vernichten. Er ging nach Süden, aber nur ein Viertel der ersten Strecke. Dort angekommen, beschwor mit der Hilfe eines armen Mannes ein großes, gefräßiges Feuer, damit es alles in Brand setzen und die Beweise vernichten würde. Dann rannte er, so schnell er konnte, davon, immer Richtung Westen. Erst als er auf den Weg traf, den er ganz zu Anfang gegangen war, hielt er inne. Doch er sah nie mehr zurück.

Max sah sich erneut die bunten Quadrate auf der Karte an, die genau die gleichen Farben zeigten wie das aus Rechtecken bestehende Siegel am Kopf des Briefs. Auf der Karte gab es genau eine Stelle, die das gleiche Muster zeigte, zumindest, wenn er die Karte auf den Kopf drehte: F5. Und das war die Stelle mit der Tankstelle gewesen.

In diesem Moment entdeckten die beiden Männer in der Ferne zwei Scheinwerfer, die sich durch den Winternebel fraßen.

Sie wurden langsam größer und schließlich bog eine große, dunkle Limousine auf den Parkplatz der verlassenen Tankstelle ein. Ein glatzköpfiger Mann mittleren Alters in einem schwarzen Anzug stieg aus und deutete eine leichte Verbeugung an. „Ich bin Felix, der Butler. Darf ich Ihr Gepäck nehmen?", fragte er in einem dienstbeflissenen Ton. „Gerne doch!", rief Rio und überließ dem Mann Segeltasche und Rollkoffer. „Aber schön vorsichtig, da ist schließlich ein japanisches Damast-Messer drin als Weihnachtsgeschenk für AK." Er sprach es lässig näselnd wie „Ey Key" aus. „Ein Santoku, eins der schärfsten Messer der Welt." Max konnte sich einen Seitenblick nicht verkneifen. „Meinst du mit AK Onkel Arthur?", fragte er. „Logo", meinte Rio. „Klingt doch wesentlich cooler, findest du nicht?" Max antwortete nicht. Kurz überlegte er, ob auch er ein Geschenk hätte mitbringen sollen, entschied dann aber, dass seine Anwesenheit schon Opfer genug war. „Lassen Sie nur, das mache ich schon selbst", sagte er zu dem Butler, als dieser ihm den Rucksack abnehmen wollte. „Wie der Herr wünscht", antwortete Felix und trat beiseite.

Es fühlte sich schon seltsam genug an, von jemandem herumkutschiert zu werden. Max wollte nicht auch noch die Last seines Gepäcks anderen zumuten.

Kaum waren er und Rio eingestiegen, fuhren an den Fenstern und an der Scheibe zur Fahrerkabine Verdunklungsrollos hoch und verhinderten die Sicht nach draußen. Sie waren quasi blind. Eine indirekte Beleuchtung tauchte das Innere des Wagens in angenehmes Licht, und Rio machte sich entspannt an der Minibar zu schaffen. Max hingegen fühlte sich gefangen und er war froh, als die Fahrt nach etwa 20 Minuten auf einem Kiesweg knirschend endete.

Felix öffnete ihnen die Tür und gab damit den Blick frei auf ein einschüchterndes, altes Herrenhaus, das völlig einsam auf einer Anhöhe thronte und von einem riesigen Grundstück umgeben war. Eine große steinerne Treppe führte in die weiße Villa. Max und Rio folgten dem Butler, als dieser sie zur Eingangstür aus schwerem Eichenholz führte. Max bemerkte, dass der Eingang durch ein hochmodernes IT-System gesichert war, und er fragte sich, ob Arthur Angst vor Einbrechern hatte oder einfach nur den Kontakt zu jedem menschlichen Wesen vermeiden wollte.

„Max, wie schön, dass du auch hier bist!" Sobald sich die Tür geöffnet hatte, eilte eine zierliche Frau um die vierzig mit blonden, perfekt hochgesteckten Haaren auf ihn zu und begrüßte ihn mit einem Wangenkuss.

„Isabell", entgegnete Max, der seine Cousine zum letzten Mal bei der Beerdigung einer entfernten Verwandten vor sieben Jahren gesehen hatte.

Isabells Vater war Lothar von Kempendorff, der mittlere Bruder seiner Mutter. Ein überaus erfolgreicher Schönheitschirurg, der mittlerweile in den Ruhestand gegangen war und die florierende Praxis seiner Tochter Isabell übergeben hatte. Sie trat zur Seite und gab damit den Blick frei auf ein silbernes Tablett auf einem Stehtisch, das eine große Auswahl an verschiedenen Pralinen bereithielt, alle natürlich von Kempendorff-Schokolade, wie Max vermutete.

Neben Isabell bemerkte Max noch eine weitere Frau. Sie schien ein paar Jahre jünger zu sein, hatte einen dunkelblonden Pferdeschwanz und trug einen legeren Jeansoverall, der in extremem Gegensatz zu Isabells feinem Kostüm stand. Er wandte sich ihr zu und stellte sich vor. „Ich bin Mara Wischowski", sagte die Unbekannte. „Schön, dich kennenzulernen, Max." Als sie ihm die Hand reichte, wehte ihm ein angenehmer Duft nach Kirschblüten entgegen.

„Und was ist mit mir?", rief Rio und drängte sich in die Mitte der kleinen Gruppe. „Bekomme ich etwa keine Willkommensküsschen?"

Isabell zog eine Augenbraue nach oben, beugte sich dann aber doch nach vorne und deutete jeweils einen Kuss auf die Wangen von Rio an. Mara folgte ihrem Beispiel.

„Sie müssen Raving Rio sein", vermutete Isabell. „Ich wusste gar nicht, dass Onkel Arthur Sie auch zu unserem kleinen Familienfest eingeladen hat. Es scheint, dass er einen ganz besonderen Geschmack bei der Wahl seiner Gäste hatte." Max entging der skeptische Unterton in Isabells Stimme und auch der Seitenblick zu Mara nicht. Doch Rio schien ihn nicht zu bemerken oder einfach zu ignorieren. „Du musst mich duzen, Schätzchen, sonst fühle ich mich ja fast so alt, wie ich bin!", rief er und strich sich mit den Händen eine imaginäre Augenfalte weg. Erst jetzt fiel Max auf, dass Rio seine Nägel grau lackiert hatte. „Lasst uns gleich mal ein Selfie machen!", rief der Medienprofi und zog ein Handy mit Glitzerhülle aus der Tasche. Seine Augen weiteten sich. „Was ist denn hier los? Sind wir in der Hölle gelandet? Ich habe keinen Empfang!", verkündete Rio schockiert. „Das ist korrekt", antwortete der Butler ruhig. „Herr von Kempendorff hat dieses Herrenhaus unter anderem genau aus diesem Grund zu seinem Refugium erklärt. Kein Handynetz, kein GPS, quasi ein weißer Fleck auf der Landkarte." Rio seufzte auf und murmelte etwas, das sich stark nach „paranoid" anhörte.

Isabell sah ihn mit einem abschätzigen Blick an. „Schon etwas seltsam, dass Arthur euch beide zu einer Familienweihnachtsfeier eingeladen hat, Onkel Matthias aber nicht", bemerkte sie. Max beobachtete, dass Maras Wangen sich rot verfärbten. Ihr schien es ebenso unangenehm, hier zu sein, wie ihm. „Nun ja, Arthur hat ja auch nicht seine anderen Geschwister eingeladen, also deinen Vater und meine Mutter", stellte er sich schützend vor Mara, „sondern ihre Kinder. Und das wäre bei Matthias, wie du sehr genau weißt, schwierig gewesen."

Isabell sah zu Boden, räusperte sich kurz und sagte dann: „Wie dem auch sei, ist euch auch schon aufgefallen, dass es bei dieser Konfektauswahl eine Praline gibt, die aus der Reihe fällt?" Sie deutete auf das Tablett und Max trat einen Schritt heran.

WELCHE PRALINE PASST NICHT DAZU?

1 

2 

3 

Tipp: Aller guten Dinge sind vier!

1

2

3

Während Max den Brief las, lief ihm ein Schauer über den Rücken. Dies war nicht einfach nur eine traurige Geschichte. Es war eindeutig ein Verweis auf das Feuer im Chalet. Der Mann, der so gierig und skrupellos gewesen war, hatte die Hütte absichtlich in Brand gesetzt! Der Unfall, an dem seine Familie vor über 20 Jahren zerbrochen war, war kein Unfall gewesen. Doch von wem war hier die Rede? Seine Mutter konnte nicht gemeint sein, eher Arthur, Isabells Vater Lothar oder Matthias von Kempendorff, der seit dem Brand im Ausland lebte. Da es vermutlich Arthur selbst gewesen war, der ihnen die Nachricht hinterlassen hatte, hatte Max eher einen der beiden anderen im Verdacht.

Doch er war sich sicher, dass noch mehr hinter diesem Brief steckte. Was sollten diese seltsamen Streckenangaben? Er sah hinüber zu Isabell. Sie hatte sich einem Bereich im mittleren Teil des kleinen Gewölbes gewidmet. Dort waren in Vitrinen eine Reihe verschiedener Weihnachtsmannfiguren aufgebaut. Einige mit dickem Bauch, andere eher lang und dünn, dafür aber mit großem Geschenkesack. Max begriff, dass es die Vorlagen für die verschiedenen Schokoladenweihnachtsmänner waren, die es von der Firma Kempendorff im Laufe der Jahre gegeben hatte. Einige ausgefallenere Varianten fuhren in einem Sportwagen oder auf einem Motorrad. Und einer saß sogar in einer Rakete. Charlene hatte sich etwas abseits von ihnen an der hinteren Wand in einen Stuhl gesetzt. Dort schien sich Arthur an einem langen Schreibtisch Notizen zu neuen Geschmacksrichtungen gemacht zu haben. Dazu passte auch der große, metallene Safe in der Wand daneben, in dem Max die Geheimrezepte der Kempendorff-Schokoladen vermutete.

Max ging zu dem Schreibtisch und nahm sich Stift und Papier von der Arbeitsplatte. Dann fuhr er die Linien nach, die in der Geschichte angegeben waren. Zuerst von unten nach oben, dann ein Stück nach rechts, unten, wieder links – und blickte auf eine Fahne. Sofort eilte er zu dem großen Metallzylinder im Eingangsbereich des Raumes und untersuchte die Flaggen darin. Tatsächlich hatte eine von ihnen einen hohlen Stiel, in dem der Fetzen einer alten Tageszeitung steckte. „Unglaublich!“, staunte Isabell, der Max’ Fund nicht entgangen war. Vorsichtig rollte er den Zeitungsausschnitt auf, Isabell nun dicht neben sich. Ganz offensichtlich wollte sie nichts verpassen, und Max fiel ein, dass sie die letzte Offenbarung noch gar nicht gelesen hatte. Trotzdem wurde er das Gefühl nicht los, dass sie ohnehin schon gewusst hatte, was wirklich hinter dem Brand im Chalet steckte.

„Da scheint es um den Gärtner zu gehen, Maras Vater“, stellte Isabell fest.

Mittwoch

Gärtner zu zwölf Jahren Haft verurteilt

Der Gärtner Gregor W. wurde gestern vor Gericht für schuldig befunden, einen Brand vorsätzlich verursacht zu haben. Die Beweise waren eindeutig, weswegen die Verteidigung keinen Widerspruch gegen das Urteil einlegen wird. Der Richter verurteilte Gregor W. zu zwölf Jahren Haft ohne Bewährung. Bei dem Brand war ein Kind ums Leben gekommen. Der Angeklagte beteuerte bis zum Schluss, dass er geglaubt habe, das Gebäude sei verlassen und dass niemand zu Schaden kommen würde. Doch die Vorstrafen des Angeklagten ließen bei den Geschworenen Zweifel an der Glaubwürdigkeit von Gregor W.s Behauptungen aufkommen.

Weitere Informationen auf Seite 3.

Max konnte seinen Blick kaum von dem Zeitungsartikel losreißen. Was bedeutete das? Steckte Maras Vater hinter dem Brandanschlag? War er für den Tod von Matthias' Sohn und Arthurs Verletzung verantwortlich? So wie er Mara einschätzte, wäre sie zu einigem bereit, um die Menschen, die sie liebte, zu schützen. Steckte sie hinter der ganzen Geschichte? Oder zumindest hinter dem Mord an Arthur? Ihm fiel auf, dass Arthur zu jedem von ihnen beziehungsweise zu ihren Eltern Hinweise hinterlassen hatte, nur Rio war nie erwähnt worden. Den Brief zu dem Vaterschaftstest hatte Isabell zufällig auf Arthurs Schreibtisch entdeckt, er war nicht Teil der Rätselsuche gewesen. Machte Mara vielleicht mit Rio gemeinsame Sache? War sie deswegen ohne größeren Protest draußen geblieben, als Isabell sie aus der Schatzkammer verbannt hatte? Schmiedete sie mit ihrem Verbündeten einen Plan, wie sie allein mit dem Erbe und dem Gegengift entkommen konnten?

Die vielen Fragen schienen ihm den Kopf zu sprengen. Er hatte keine andere Wahl, er musste das jetzt sofort aufklären. Er wollte gerade losstürmen, als Isabell ihn sanft, aber bestimmt am Arm zurückhielt.

„Was ist? Ich muss mit Mara reden!“, schnauzte er ungehalten.

„Was soll sie uns schon erzählen? Wir wissen doch bereits Bescheid. Lass uns lieber diesem Hinweis nachgehen. Ich habe das Gefühl, dass wir dem großen Preis ganz nah sind …“, gab Isabell zu bedenken und zeigte Max die Rückseite des Zeitungsausschnitts.

Darauf war nur ein Satz zu lesen:

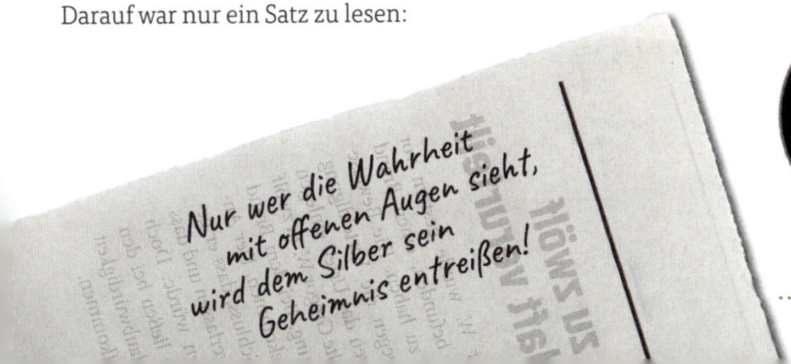

Isabell deutete triumphierend auf eine silberne Schmuckschatulle, die unter einem seltsamen Gemälde auf einer Anrichte stand und mit einem Zahlenschloss gesichert war. „Die habe ich vorhin schon entdeckt. Jetzt brauchen wir nur noch den richtigen Code!“

WELCHER CODE ÖFFNET DIE SCHMUCKSCHATULLE?

1. 613
2. 170
3. 492

← TIPP: BLÄTTERE EINE SEITE ZURÜCK UND SCHAU DIR DAS BILD GENAU AN

1

2

3

Max sah sich die drei Schlüssel genauer an. Irgendetwas daran irritierte ihn. Dann erkannte er, dass sich in den Schlüsselbärten Buchstaben versteckten, ein E, ein L und ein F.

„Versuch es mal mit der Nummer 11!“, schlug er Charlene vor. Sie nahm die Schlüssel, löste sie vom Bund und steckte sie in die drei Schlüssellöcher, während sie den Rest des Bundes mitsamt Schlüsselanhänger achtlos auf den Schreibtisch fallen ließ. Dann drehte sie das große Rad auf der Vorderseite auf die Zahl 11. Die dicke Stahltür des Tresors schwang auf und gab den Blick frei auf zwei Bündel Bargeld und mehrere Aktenordner.

Isabell griff nach den Banknoten und blätterte prüfend durch die Scheine. „Bestimmt 20 000 Euro, nicht schlecht, so als Notgroschen“, stellte sie fest. Max und Charlene hatten sich mittlerweile den Aktenordnern gewidmet. Einer enthielt eine Ansammlung an Meldungen über Hygienemängel in der Schokoladenproduktion aus den letzten zehn Jahren, die Arthur offensichtlich nicht mit der Öffentlichkeit hatte teilen wollen, ein weiterer fasste tatsächlich Listen von Zutaten und Rezepten der verschiedenen Schokoladenmischungen. Besonders ein schmaler schwarzer Ordner erregte Max’ Aufmerksamkeit. Er enthielt anscheinend alle persönlichen

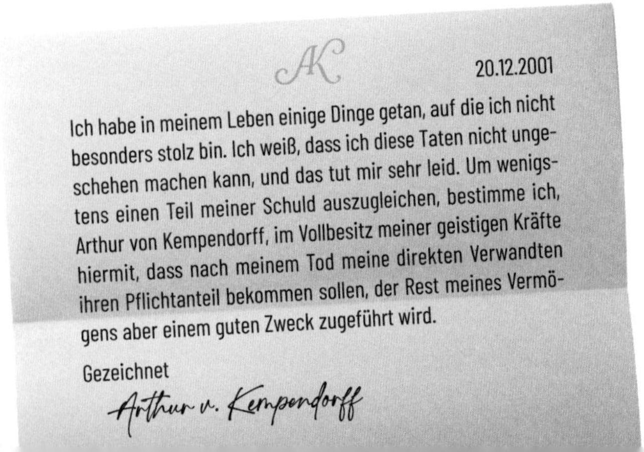

AK 20.12.2001

Ich habe in meinem Leben einige Dinge getan, auf die ich nicht besonders stolz bin. Ich weiß, dass ich diese Taten nicht ungeschehen machen kann, und das tut mir sehr leid. Um wenigstens einen Teil meiner Schuld auszugleichen, bestimme ich, Arthur von Kempendorff, im Vollbesitz meiner geistigen Kräfte hiermit, dass nach meinem Tod meine direkten Verwandten ihren Pflichtanteil bekommen sollen, der Rest meines Vermögens aber einem guten Zweck zugeführt wird.

Gezeichnet

Arthur v. Kempendorff

Unterlagen von Arthur von Kempendorff. Eins der ersten Dokumente, das er fand, war das Testament des Multimillionärs.

Isabells Augen wurden groß. „Er hat alles irgendwelchen Fremden vermacht?“, fragte sie schockiert. „Aber warum hat er uns dann überhaupt hierher eingeladen? Nur um mit uns ein dämliches Rätselspiel zu veranstalten und uns mit dem Tod zu drohen?“

Auch in Max’ Kopf schien sich alles zu drehen. Das Bild eines geläuterten, gutmütigen Arthurs wollte einfach nicht zu dem Mann passen, der sie hierhergelockt und dann vergiftet hatte.

Max blickte auf das Datum, das auf dem Testament vermerkt worden war. Es war etwa ein Jahr nach dem Brand im Chalet erstellt worden.

„Vielleicht ist Arthur damals durch die Lähmung zu einem anderen Menschen geworden“, überlegte Max laut. „Aber warum hat er sich danach komplett von seinen Geschwistern abgewandt?“

„Soweit ich mich erinnere, war das nicht direkt nach dem Unglück so. Er hat den Kontakt erst etwa zwei Jahre später abgebrochen“, überlegte Isabell. Max sah sie an, dann forderte er: „Sei ehrlich, erzähl mir, was du wirklich über die Ereignisse von damals weißt.“

Sie seufzte, nickte dann. Doch bevor sie beginnen konnte, wurde sie von Charlene behutsam unterbrochen: „Ich lasse euch wohl besser alleine. Diese Sachen gehen nur die Familie etwas an. Notarin hin oder her.“ Sie hatte sich zum Ausgang zurückgezogen. „Ich werde in der Zwischenzeit schon mal nachsehen, ob Mara und Rio wirklich verschwunden sind. Keine Sorge, zum Schutz habe ich mir einen Brieföffner vom Schreibtisch mitgenommen.“ Charlene klopfte auf ihre große, schwarze Designer-Handtasche und war schon zur Tür hinaus verschwunden.

„Okay, ich gebe zu, dass mein Vater in den Unfall damals verwickelt war“, beichtete Isabell schließlich. Sie ließ sich kraftlos auf den Schreibtischstuhl sinken. „Du erinnerst dich doch noch an den Vorwurf, mein Vater hätte durch seine Behandlungsmethode den Tod mehrerer Patienten verursacht. Nun ja, es gab kein Gutachten, das ihm eine direkte Schuld nachweisen konnte, aber Onkel Arthur hatte sich auf irgendeine zwielichtige Weise Zugang zu den Patientenakten verschafft. Sie hätten die Schuld meines Vaters beweisen können. Soweit ich weiß, hat er meinen Vater damit erpresst. Ein Mittel, zu dem er wohl öfter griff, wie wir mittlerweile erfahren haben. Du weißt vielleicht, dass sowohl Matthias als auch mein Vater ebenfalls einen Anteil an der Schokoladenfabrik geerbt hatten, jeweils 20 Prozent. Einer Frau wie deiner Mutter trauten unsere Großeltern nicht zu, ein großes Unternehmen mitzuleiten. Arthur wollte, dass mein Vater seine Anteile abgab, damit er allein über alles entscheiden konnte. Ich weiß nicht, was er mit Matthias ausgehandelt hatte, mein Vater jedenfalls weigerte sich. Er wollte seine Anteile behalten – und daraufhin setzte Arthur die Patientenunterlagen gegen ihn ein. Als sich unsere Familie wie jedes Jahr an den Weihnachtsfeiertagen in der Berghütte traf, hatte er die Akten dabei und hielt sie meinem Vater unter die Nase. Wenn er sich nicht seinem Willen beugen würde, würde er, Arthur, alles ans Licht kommen lassen, teilte er seinem Bruder trocken mit. Mein Vater hatte Angst, sein ganzes Leben lang unter Arthurs Kontrolle zu stehen. Er beschloss, dass die Akten vernichtet werden mussten." „Und da hat er einfach das Gästehaus in Brand gesetzt?" „Er wusste, dass Arthur sie im Gästehaus aufbewahrte, aber nicht wo. Also erschien es ihm sinnvoll, das ganze Gebäude abzufackeln. Nach der Überweisung, die wir heute gesehen haben, vermute ich, dass er Maras Vater damit beauftragt hat. Dass Matthias' Sohn Samuel sich damals im Gästehaus aufhielt, konnte weder der Gärtner noch mein Vater ahnen. Deine Mutter hätte auf ihn aufpassen sollen, weil Matthias geschäftlich noch mal weggefahren war." „Doch sie hatte es sich lieber mit einem Weißweinglas gemütlich gemacht", ergänzte Max und seine Augen wurden dunkel.

„Ein Arzt, der zu einem Brand anstiftet, eine Alkoholikerin, die ihre Aufsichtspflicht gegenüber einem Kind verletzt, und ein strahlender Geschäftsmann, der auf Erpressung zurückgreift, um die Wahrheit geheim zu halten – eine schöne Familie haben wir da. Ich vermute, Onkel Arthur ist damals nicht in das Gästehaus gelaufen, um Samuel zu retten, sondern nur um die Akten herauszuholen."

In diesem Moment fiel sein Blick auf den Tresor und die Dokumente und er stutzte. „Wo ist der schwarze Ordner, in dem Arthurs persönliche Unterlagen waren?" Was hingegen noch auf dem Tisch lag, war der Schlüsselbund samt Anhänger, von dem Charlene vorhin die drei Schlüssel entfernt hatte.

Und plötzlich krampfte eine kalte Faust Max' Magen zusammen. „Wir müssen sofort los!", rief Max und rannte los.

WARUM MACHT MAX SICH SORGEN?

1. **Weil er vermutet, dass Mara eine gefährliche Waffe dabeihat.**
2. **Weil er vermutet, dass Rio mit Charlene zusammenarbeitet.**
3. **Weil er vermutet, dass Charlene eine Mörderin ist.**

←TIPP: BLÄTTERE EINE SEITE ZURÜCK UND LÖSE DAS RÄTSEL.

1

2

3

Er sah es, noch bevor sein Verstand analysieren konnte, was es bedeutete. Er drängte seinen Widerwillen beiseite und trat einen Schritt näher an den Leichnam heran. Arthur lag auf dem Boden, und so konnte man die Unterseite seiner Schuhe sehen, die sonst verborgen geblieben waren.

„Wie können die Schuhe eines Querschnittsgelähmten abgelaufene Sohlen haben?", fragte er an niemand Bestimmten gewandt. „Was?", fragte Rio mit aufgerissenen Augen. „Hat AK gar keinen Rollstuhl gebraucht? War das alles nur eine Riesenshow, um nach dem Brand im Chalet Mitleid zu erwecken?"

„Von wegen! Er konnte seine Beine genauso weit von der Stelle bewegen wie ein Holzstuhl", warf Isabell ein. „Mein Vater hat ihn damals zu den Untersuchungen begleitet, die Lähmung war da und definitiv nicht heilbar."

„Dann bleibt nur eine Möglichkeit übrig …", murmelte Max, in dessen Kopf die einzelnen Puzzleteile endlich auf den richtigen Platz fielen. „Das hier war gar nicht Onkel Arthur!"

Mara sah ihn mit großen Augen an. „Aber wer soll es denn sonst gewesen sein?"

Noch bevor Max seine Vermutung aussprechen konnte, hörte er plötzlich eine wohlbekannte Stimme hinter sich. „Sehr clever! An Intelligenz hat es in eurer Familie ja nie gemangelt."

Charlene stand im Türrahmen, in der Hand hielt sie die Pistole und richtete sie mit ruhiger Hand auf die Gruppe.

„Doch das hilft euch nun auch nichts mehr." In ihren Augen konnte Max eine wilde Entschlossenheit lodern sehen. „Ich habe Matthias gleich gesagt, dass es eine dumme Idee ist, euch einzuladen. Die Gefahr, dass alles herauskommt, war viel zu groß. Die Ähnlichkeit zwischen ihm und seinem reichen Bruder war zwar verblüffend, und er hatte sich schließlich seit 18 Jahren nicht mehr bei jemandem von euch blicken lassen, doch ich wollte jedes Risiko vermeiden. Also kam ich ebenfalls zu diesem Treffen, um ihn vorab in seinem Büro davon zu überzeugen, euch wieder heimzuschicken. Er meinte, dass er es in Kauf nehmen würde, falls dadurch alles auffliegen würde. Ich ahnte ja nicht, dass er euch nicht nur eingeladen hatte, sondern euch sogar mit der dunklen Vergangenheit eurer Eltern konfrontieren wollte."

„Was ist mit dem echten Arthur passiert?", wollte Max wissen. Sie lächelte bitter. „Er hatte sich nach dem Unfall wirklich verändert. Wollte ein besserer Mensch werden und das alles. Doch das Schicksal hat ihm einen Strich durch die Rechnung gemacht. Nach zwei Jahren im Rollstuhl erlitt er einen unerwarteten Schlaganfall. Wir beide hatten uns zum Abendessen verabredet. Wir waren gerade bei der Tarte au chocolat angekommen, als er kopfüber in den Teller kippte. Von einem Moment auf den anderen – tot. Da hab ich meine Chance gesehen. Matthias hatte der Verlust seines Sohnes völlig aus der Bahn geworfen. Seine Frau hatte sich in ihrer Trauer von ihm getrennt und war zurück nach Kolumbien gegangen. Er trank und machte riskante Geschäfte. Bei einem Immobiliendeal hatte er sich verzockt, hatte große Schulden. Ich wusste davon, weil er Arthur damals in einem Brief um Geld gebeten hatte. Also nahm ich Kontakt zu Matthias auf. Ich schlug ihm vor, Arthurs Platz einzunehmen. Niemand musste erfahren, dass Arthur von Kempendorff gestorben war. Sonst wäre sein schönes Geld ja futsch gewesen. Ich war seine Anwältin und kannte sein neues Testament. Matthias hatte erst Skrupel. Doch ein Mann, dessen Kind gestorben ist, hat nichts mehr zu verlieren. Für ihn war es außerdem eine Möglichkeit, sich zumindest ein wenig an seiner verdorbenen Familie zu rächen, die immerhin für sein Unglück verantwortlich war. Er nahm sich die Firma und vor allem Arthurs Geld, von dem er wusste, dass sowohl sein Bruder Lothar als auch seine Schwester Monika so gierig danach waren. Gemeinsam lenkten wir ab jetzt die Geschicke der Firma und führten ein Leben im Wohlstand. Nein, nicht gemeinsam … Matthias war schließlich nicht Arthur und ich liebte ihn nicht, aber unser Plan schweißte uns zusammen." Charlene fuchtelte mit der Pistole herum. „Genug der schönen Erinnerungen, ihr vier werdet jetzt in den Speisesaal gehen. Und keine dummen Ideen, ich habe keine Hemmungen, eine weitere Leiche zu produzieren."

Sie steuerte Max und die anderen die Treppe hinunter und zwang sie dann, sich im Speisesaal vor dem großen Christbaum niederzuknien. Aus ihrer schwarzen Designer-Handtasche nahm sie eine große Rolle Klebeband. „Ihr kennt das ja bereits. Fesselt euch bitte gegenseitig damit, das letzte Händepaar mache ich dann. Schön fest, ihr sollt euch ja später nicht befreien können, wenn ich weg bin." Fluchend machte Mara sich daran, Felix die Hände hinter dem Rücken zusammenzukleben.

Max überlegte fieberhaft, was er tun konnte, um sich und den anderen zu helfen. Sollte Charlene sie wirklich hier zurücklassen, würden sie auf jeden Fall sterben. Wenn nicht an dem Gift, dann an Hunger und Durst. Doch er war sich sicher, dass diese Frau, die eine Lüge gelebt und ihren Verbündeten ermordet hatte, nicht zögern würde, ihre Waffe einzusetzen.

Und so blieb ihm nichts anderes übrig, als zuzusehen, wie einer nach dem anderen von ihnen gefesselt unter dem Tannenbaum landete. Wie sie da verschnürt und verpackt neben den anderen Weihnachtsgeschenken lagen, hätte Max beinahe lachen müssen.

Da bemerkte er, dass Rio, der ganz links saß, in Richtung der kleinen Weihnachtskrippe gerobbt war. Unauffällig stieß er mit dem Ellbogen zwei der hölzernen Figuren herunter. Sie landeten vor Max auf dem Teppichboden, und Rio sah ihn mit einem eindringlichen, stummen Blick an.

Max stutzte – doch dann wusste er, was zu tun war.

WAS TUT MAX JETZT?

1. **Er packt ein Geschenk aus.**
2. **Er wirft den Tannenbaum um.**
3. **Er täuscht eine Verletzung vor.**

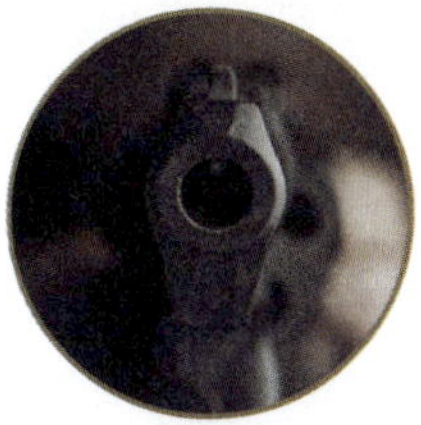

1

2

3

Alle drängten sich um die merkwürdigen Striche, bis Max ein Geistesblitz durchzuckte. „Ich glaube, wir müssen die beiden Zeilen in Gedanken übereinanderlegen. Dann ergeben sich nämlich Buchstaben in Digitalschrift! Zuerst ein B, dann ein E ..." „BECHER!", unterbrach ihn Mara, doch die anfängliche Freude über die Lösung wich schnell der Ernüchterung.

„Es muss in diesem riesigen Prunkbau tausend Becher geben", stellte Rio augenrollend fest. „Welcher ist denn gemeint?"

Selbst Isabell, sonst nie um eine Antwort verlegen, zuckte mit den Schultern. Dann ordnete sie an: „Wir müssen einfach alle tausend untersuchen. Am besten wir fangen gleich hier im Speisesaal an."

Max durchforstete einen kleinen Schrank, in dem jedoch keine Gläser oder Becher, dafür aber teures Geschirr verwahrt war. Neben ihm begutachtete Mara eine Reihe Blumenvasen. „Sind auch nichts anderes als große Becher", versuchte sie sich in Galgenhumor. Max warf ihr einen Seitenblick zu. Seit dem Brief von seiner Mutter hatte eine Alarmglocke im hintersten Teil seines Schädels zu läuten begonnen. Unglücklicherweise wusste er aber nicht genau, warum. Nur dass sie lauter wurde, wenn er in Maras Nähe war.

Trotzdem fühlte er zu ihr eine stärkere Verbindung als zu den anderen Anwesenden. Im Gegensatz zu den von Kempendorffs verkörperte sie Normalität. Sie schien nicht ständig danach zu streben, etwas Besseres zu sein. Es hatte den Anschein, als ob sie mit sich völlig im Reinen war. Und das imponierte Max. Trotzdem hatte er das Gefühl, dass sie etwas zurückhielt, und er nahm sich vor, herauszufinden, was das war.

„Wir kommen so nicht weiter", bestimmte Isabell. „Wir sollten uns aufteilen! Max und Rio, ihr durchsucht das obere Stockwerk! Mara, Charlene und ich sehen uns in der Küche um."

Max überlegte kurz, ob die Aufteilung sinnvoll war, aber dann dämmerte ihm, dass Isabell vermutlich ganz bewusst die anderen Gäste zwischen ihnen beiden aufgeteilt hatte, damit sie sie im Auge behalten konnten. Das würde bedeuten, dass Isabell ihm vertraute. Also protestierte er nicht und machte sich mit Rio auf den Weg die Treppe hinauf.

„Fühlst du schon was von dem Gift?", fragte Rio ihn, während sie die breiten Holzstufen erklommen.

Das Gleiche hatte Max sich auch schon mehrfach gefragt. „Ich bin nicht sicher, ich habe leichte Kopfschmerzen, aber die könnten auch auf die Anspannung zurückzuführen sein. Ich befürchte, ich bin es nicht gewohnt, mit einer Leiche und ihrem Verursacher in einem Haus zu sein."

Rio nickte. „Geht mir genauso. Diese Familie ist echt crazy. Da bin ich ja fast schon froh, dass ich nur bei meiner Mutter aufgewachsen bin. Auch wenn es bei uns statt goldener Löffel im Mund eher Plastikbesteck gab."

Zum ersten Mal hörte Max in Rios Stimme nicht nur den überdrehten Ton des Entertainers, sondern auch eine tief sitzende Bitterkeit. „Muss schwer gewesen sein, wenn der Vater nicht da ist", vermutete er.

„Wir haben es auch ohne den alten Sack geschafft. Immerhin hat er wenigstens meinen Unterhalt gezahlt, das hat uns ein gutes Leben ermöglicht. Meine Mutter hätte sich unser schickes Appartement in der Innenstadt nie leisten können mit ihrem Gehalt als Stewardess. Aber sie hat immer ihr Bestes gegeben, und ihr gutes Aussehen hat sie mir auch vererbt", versuchte Rio das Gespräch ins Lächerliche zu ziehen. „Hey, wer braucht schon einen liebenden Vater, wenn er jeden Tag Tausende von Likes bekommt?"

„Aber als du die Einladung bekommen hast, bist du trotzdem gekommen ...", hakte Max nach. „Die Einladung, ja genau ... ich dachte mir, wäre doch nett, mal mit dem alten Herrn zu sprechen. Ihm vielleicht auch was von meiner und der Kultur meiner Mutter zu zeigen. Deswegen auch das japanische Santoku-Messer als Geschenk." Max erinnerte sich daran, was Charlene ihm erzählt hatte, und beschloss, aufs Ganze zu gehen. „Gab es denn einen Konflikt zwischen dir und Arthur wegen des Geldes?" Rio wandte seine Aufmerksamkeit einem großen Wandteppich zu, auf dem eine mittelalterliche Szene dargestellt war. „Nein", sagte er dann kurz angebunden. „Wie kommst du darauf?" Max zuckte mit den Achseln. Es war besser, seine Quellen für sich zu behalten, so handhabte er das bei seinem Job in der Jugendarbeit auch immer. Aber warum belog Rio ihn? Und wäre er fähig, einen Mord zu begehen? Sie schwiegen beide kurz.

In diesem Moment stach Max etwas ins Auge. Die Szene auf dem großen Wandteppich schien mehrere Ritter auf ihren Pferden zu zeigen. In der Hand hielten sie alle einen weißen Schild mit einem roten Kreuz darauf. Im Vordergrund war eine Frau mit einem langen, geflochtenen Zopf zu sehen, die dem Anführer der Ritter etwas darzubieten schien. Es war ein großer, mit Juwelen besetzter Becher. Vermutlich der Heilige Gral, den die Kreuzritter nach Hause bringen wollten, mutmaßte Max. Doch am oberen Rand des Bechers sah er etwas Weißes herausblitzen, das nicht in die Szene passen wollte. Er trat näher heran und entdeckte einen kleinen Zettel, der durch einen Schlitz des Wandteppichs geschoben worden war.

„Ich glaube, ich habe die nächste Botschaft gefunden", verkündete er und faltete das Papier auseinander, wobei ihm drei Schlüssel entgegenfielen.

WO SCHICKT DER BRIEF SIE HIN?

1. **Nach oben**
2. **Nach unten**
3. **Nach draußen**

1

2

3

Impressum

IDEE, TEXT UND KONZEPT
Eva Eich

BILDNACHWEIS

Covermotive: Shutterstock.com/ Lulus Budi Santoso

Motive Innenteil: Shutterstock.com/Vladimir Rey; Petro Perutskyi; Stephen Rees; Aastels; MF_Orleans; Hein Nouwens; Bokeh Blur Background; ShortPhotos; gresei; Rainer Lesniewski; Noel V. Baebler; In Green; Alhovik; TR STOK; winnond; KUPRYNENKO ANDRII; Red-Diamond; zef art; alex-andre zveiger; Marzolino; Nejron Photo; Anneka; Everett Collection; Dina Saeed; Nuchaba; pryzmat; Titima Ongkantong; Labutin.Art; Volodymyr Krasyuk; Costantino Rossi; Del Henderson Jr; Chones; Oleg Golovnev; Valentin Agapov; PV productions; phM2019; Willrow Hood; Sergii Kumer; h.yegho; Nerza; FuzzBones; showcake; Mr.Jakrapong phoaphom; graphixmania; Guindilla y Pimienta; bokmok; Farion_O; pics five; panitanphoto; Sergiy Bykhunenko; cones; Karpenkov Denis; Creatus; Tatiana Popova; designedbyyou; Artur Marfin; Here; Peyker; MURRIRA; Elena Pimukova; Diego Grandi; Enrique Ramos; photka; Brilliant Eye; SeventyFour; Golden Shark 2; Serhiy Stakhnyk; Altin Osmanaj; Catherine.Things; Petr Student; Evsin; united photo studio; SV Production; Elena Elisseeva; Billion Photos; newphotoservice; Alexander Tolstykh; New Africa; TheFarAwayKingdom; Konstantin Savusia; Olga Nikonova; releon8211; Castleski; 32 pixels; nevodka; Arnon.ap; Sapozhnikov -Shoes Georgy; DaniLana; wowartphoto; Vladeep; ImageFlow; gonzagon; Sonate; logoboom; lenetstan; Tewan Banditrakkanka; Maleo; Brian A Jackson; SeluGallego; ch123; Banglens; Aquarius Studio; wavebreakmedia; Stanna020; monticello; Marcel Derweduwen; Ievgenii Meyer; WPixz; HTWE; Sensay; Billion Photos; sutlafk; Photo Kozyr; Kiefer Photography; rdonar; Anna Vaczi; jamesteohart; Joe Gough; rangizzz; Arthiti Kholoet; Kichigin; Getty Images/benoitb; Grafissimo; mikroman6; Andreas von Einsiedel

Covergestaltung: Grafisches Atelier, arsEdition GmbH
Innengestaltung: Jutta Gerber

ISBN 978-3-8458-5726-8
www.arsedition.de

FSC www.fsc.org MIX Papier aus verantwortungsvollen Quellen FSC® C018236